変身

フランツ・カフカ
川島 隆＝訳

角川文庫
23060

Die Verwandlung

Franz Kafka

1912

目次

I

ある朝、グレゴール・ザムザが落ち着かない夢にうなされて目覚めると、自分がベッドの中で化け物じみた図体《ずうたい》の虫けらに姿を変えていることに気がついた。甲殻のような硬い背中を下にして仰向《あおむ》けになっており、頭を少し持ち上げると、弓なりの段々模様で区切られた丸っこい茶色の腹が見えた。腹のてっぺんに掛け布団《ぶとん》が、完全にずり落ちる寸前で、かろうじて引っかかっている。全身のサイズからして見劣りする、かぼそい肢《あし》がたくさん、頼りなげに目の前でチラチラうごめいていた。

「おれはどうなったんだ？」と彼は思った。夢ではない。自分の部屋だ。やや小さすぎるとはいえ、人間用のちゃんとした部屋だ。見慣れた四方の壁に囲まれ、落ち着いた佇《たたず》まい。荷ほどきした布地の商品サンプルが広げてある机の上の方に（ザムザは出張の多いセールスマンだった）、絵が一枚飾ってあった。つい最近、絵入り雑誌から切り抜いて、きれいな金メッキの額縁《がくぶち》に入れておいたのだ。描かれているのは、毛皮の帽子をかぶり、毛皮のボアを巻いた貴婦人だ。背筋を伸ばして座り、腕を肘《ひじ》まで覆う重たげな毛皮のマフを、見る者めがけて突き出している。

　グレゴールの視線は、次に窓の方へと向いた。天気が悪いので（雨粒《あまつぶ》がブリキの窓サッシにあたる音がする）、すっかり憂鬱《ゆううつ》になった。「これからちょっと寝直して、くだらないことを全部忘れてしまうってのはどうだろう」と彼は思った。だが到底、実行不可能だった。右を下にして寝る習慣だったのに、現状ではその姿勢を取るのは無理だったからだ。どれだけ力をふり絞り、寝返りを打って右を下にしようとしても、何度でもごろりと仰向けに戻ってしまう。百回は試しただろうか。モゾモゾうごめく肢を見ないで済むように、目は閉じていた。脇腹に、いまだかつて感じたことのない鈍痛をかすかに感じるようになったので、やっと諦《あきら》めた。

「勘弁してくれ」と彼は思った。「キツい職業を選んでしまったなあ！　来る日も来る日もあくまで出張ばかり。仕事で気が立つことは本社勤めよりずっと多い。しかも出張ならではの厄介ごとがつきまとう。列車の乗り換えが心配だし、食事は不規則でまずいし、相手がころころ変わるから人づきあいは長続きしないし、心が通い合うこともない。何もかも全部、消えてなくなれ！」腹の上あたりに、ふとかすかな痒《かゆ》みを感じた。仰向けのままベッドの柱ににじり寄った。頭を持ち上げやすくするためだ。痒い箇所が見つかった。何だかよく分からない小さな白い斑点《はんてん》でびっしり埋め尽くされている。肢を一本出してその箇所に触ってみようとしたが、すぐ引っ込めた。触れた瞬間、ぞっと寒気がしたからだ。

　彼はずるずると元の場所に戻った。「こんなふうに早起きしていると」と彼は思った。「すっかり頭がやられてしまう。人間は睡眠を取らないといけない。他のセールスマンの連中は、ハーレムの女みたいな生活をしてやがる。たとえばおれが、取ってきた注文をまとめて発注しようと午前中に宿に戻ってくると、みなさま座ってようやく朝食を召し上がっておられるって寸法だ。そんなこと、うちの社長の前でやってみろ。おれはその場でクビだ。まあ、そうなった方が、おれのためかもしれんがな。両親のことを思って自分を抑えてるが、さもなけりゃ、とっくに辞表を出してる。社長の前に出て思いのたけをぶちまけているところだ。あいつ、きっと机から転がり落ちるぞ！　だいたい、机の上に腰かけて高いところから社員を見下ろしながらしゃべるなんて、ふざけたやり方だ。しかも社長は耳が遠いから、こっちはすぐ近くまで寄らなきゃならない。いや、すっかり希望が潰《つい》えたわけじゃないぞ。両親の借金を社長に返せるだけの金が貯まったら（あと五、六年はかかるかも）、絶対やってやる。さぞかしすっきりするだろう。ところで、そろそろ起きないとな。列車は五時に出るんだから」

そして、戸棚の上でチクタクいっている目覚まし時計に目をやった。「びっくり仰天！」と彼は思った。六時半だった。時計の針は落ち着き払った様子で進んでゆく。半すら過ぎて、もう四十五分に近い。目覚ましのベルが鳴らなかったのか？　ベッドからでも、ちゃんと四時にセットされているのが見えた。きっと鳴ったに違いない。それにしても、家具が震動するほどけたたましいベルの音でおちおち寝ていられたなんて、ありえるか？　まあ、落ち着いて寝ていたわけではないが。それだけに、眠りが深くなったのかもしれない。しかし、これからどうしよう？　次の列車は七時に出る。乗り遅れたくなければ、やみくもに急がないといけないところだ。なのに、商品サンプルはまだ荷造りしていないし、別に元気潑剌《はつらつ》って感じでもない。それに、たとえ次の列車に乗り遅れなかったとしても、社長の雷が落ちるのは避けられない。会社の用務員のやつが五時の列車を見張っていて、ザムザ遅刻の件をとっくに告げ口しているはずだ。あれは社長の回し者で、気骨もなければ考える頭もないやつだから。じゃあ、病気だと言ってみたらどうかな？　いや、それは格好悪すぎるし、怪しすぎる。なにしろグレゴールは勤続五年で、まだ一度も病気をしたことがなかったのだ。きっと社長が疾病《しっぺい》保険の担当医を連れてやって来るだろう。怠け者の息子のことで両親を責め立てるだろう。どんな反論をしても、保険医のお墨《すみ》つきで問答無用に却下だ。あの医者に言わせりゃ、みんながみんな働くのが嫌で仕事をサボりたがっているってだけで、この世には健康で五体満足な人間しかいないそうだからな。それはそうと、今の場合は当たらずといえども遠からずってやつじゃないか？　グレゴールは実際、長く寝たあとなのにやたらと眠いのを別にすれば、まったく気分がよかった。それどころか、むやみに腹が減っていた。

　ベッドから出る決心がつかないまま、こうしたこと全部を大急ぎであれやこれやと思案していたとき（ちょうど目覚まし時計が六時四十五分を告げた）、ベッドの頭側にある扉を用心深くノックする音がした。「グレゴール」と呼ぶ声（母さんだ）。「六時四十五分だよ。出かけるんじゃないのかい？」穏やかな声！　グレゴールは自分が返事する声を聞いてギョッとした。紛れもなく自分の元の声なのだが、痛々しいピーピーいう音がまるで底からとめどなく湧き出てくるかのように混ざり込んできているせいで、言葉は文字どおり最初の一瞬しかはっきり聞こえず、ぐちゃぐちゃの音の響きしか耳に残らないので、自分がちゃんと聞いていたのかも分からなくなる。グレゴールは詳しい返事をして全部説明したいところだったが、なにしろこの状況下だから、「はいはい、ありがとう母さん。もう起きるよ」と言うだけにとどめておいた。木製の扉のおかげで、グレゴールの声が変わっているのは外では気づかれなかったようだ。母親はこの説明で安心して、足を引きずりながら去っていったからだ。けれども、この小さなやりとりのせいで、グレゴールが意外にもまだ在宅だと他の家族が気づき、早くも側面の扉の片方を父親がノックしてきた。弱々しくではあるが、もう拳《こぶし》で叩《たた》いている。「グレゴール、グレゴール」と父親は呼んだ。「いったい何ごとだ？」そして少し間を置いて、声を低めてもう一度「グレゴール！　グレゴール！」と急《せ》かしてきた。かと思うと、もう片方の側面の扉のところで、妹が小声で「グレゴール兄さん？　具合が悪いの？　何か要《い》るものは？」と泣き落としにかかる。どちらに対してもグレゴールは「もう支度できるから」と返事しておいた。丁寧に発音し、一語ごとに長い間を入れることで、とにかく声が注意を引かないように苦労した。実際、父親は朝食の席に戻っていった。けれども妹は「グレゴール兄さん、開けてよ、お願いだから」とささやいた。対するグレゴールは、開けるつもりなど毛頭なく、家にいるときも夜間はすべての扉を施錠することにしていてよかったなあと、出張で培《つちか》われた用心深さを自画自賛した。

　まずは落ち着いて、涼しい顔で起き上がるつもりだった。服を着替えて、何よりまず朝食だ。それから先のことを思案すればいい。ベッドの中であれこれ頭を悩ませていても、賢い落としどころが見つかるはずがないから。そのことはよく分かっていた。これまでにも、おそらく寝相が悪いせいで、どこかが軽く痛む気がすることがよくあったのを思い出した。起き上がってしまえば、単なる気のせいだったと分かるのだ。今日の思い過ごしの数々も、やがて雲散霧消していくだろうと思うと、楽しみで仕方ない。声が変わったのは、れっきとした風邪の前兆だ。セールスマンの職業病だ。疑いの余地は一切ない。

　掛け布団をはねのけるのは、ごく簡単だった。ほんの少し腹を膨らませればよく、それでひとりでに落ちた。けれども、そこから先は難しかった。特に横幅が人並外れて広くなっていたから。身を起こすには腕や手が欲しいところだったが、腕や手の代わりに肢《あし》がたくさんあるだけだった。肢はそれぞれ、ひっきりなしにてんでバラバラな動きを見せており、しかも自分の思うようには動かせない。一本をちょっと曲げようとすると、最初にまずピンと伸びる。ついにこの肢を思いどおりにするのに成功したかと思うと、そのあいだにも他の肢はみんな、これで無罪放免になったと言わんばかりに、痛々しいほど浮かれて立ち騒いでいるといった具合だ。「とにかく、ベッドで無駄に粘るのはもうやめだ」とグレゴールは呟《つぶや》いた。

　最初のうちは、下半身から先にベッドを出るつもりだった。ちなみに、この下半身というやつはまだ見たこともないし、イメージもろくに浮かばないのだが。これを動かすのは至難の業《わざ》だと判明した。のろのろとしか動けない。しまいに自暴自棄になりかけ、なけなしの力をふり絞って運任せに突き進んでみたところ、進む方向を間違え、足側のベッドの柱に激突した。焼けつくような痛みを感じ、目下、おそらくこの下半身こそが自分の身体《からだ》の中で一番打たれ弱いのだと学習した。

　そこで、まず上半身をベッドから出すことにして、用心深く頭をベッドのへりの方へ向けていった。やってみれば簡単にできた。さすがに横幅が広くて重たい図体《ずうたい》も、しまいに頭に釣られてゆっくり向きを換《か》えた。けれども、ついに頭がベッドの外に出て、宙ぶらりんになると、このまま進んでいいのか不安になった。このやり方で最終的に自由落下するとして、頭をケガしなければ奇跡だ。今このときばかりは、何が何でも正気を失うわけにはいかない。なら、ベッドにいた方がましだ。

けれども、また同じ労力を払って元の体勢に戻ってホッと溜《た》め息をつき、また自分の肢がわらわらと前よりひどい仲間割れを起こしているのを見て、この支離滅裂な事態を鎮静化して収拾するのは不可能だと悟るにつけ、このままベッドにいるわけにはいかないぞと彼は呟いた。たとえ、何かを犠牲にしたからといってベッドから抜け出せる希望が微塵《みじん》もないとしても、すべてを犠牲にするのが一番賢い対応だ。ただし同時に、やけくそになって決心するより、落ち着いて、とにかく落ち着いて思案する方がずっといいということを折に触れて思い出すのも忘れてはいなかった。そんな瞬間には、なるべく鋭い目を窓に向けてみるのだが、残念ながら、今朝は狭い通りの向こう側すら見えないほど霧が濃い。そんな霧を眺めたところで、あまり自信も元気も湧いてこなかった。「もう七時だ」と、目覚まし時計が新たに時を告げたので彼は呟いた。「もう七時だし、あいかわらずこんな霧だ」そして、しばらく息をひそめて倒れたまま安静にしていた。まるで、こうして完全に静かにしていれば、現実的なあたりまえの状況が戻ってくるかもしれないと期待しているかのように。

けれども彼は、次にこう呟いた。「七時十五分になる前に、絶対ベッドとお別れしていないと。まあ、それまでに会社から誰かが消息を尋ねにくるだろうけどな。会社は七時前に開くから」そして、全身を上から下までぴったり同時にベッドから出すのをめざして身体を左右に揺さぶる作戦に出た。このやり方でベッドから転がり落ちれば、いざ落ちるときに頭をぐっと持ち上げておくと頭にケガせずに済むという見通しだ。背中は硬いようだし、じゅうたんの上に落ちれば平気だろう。一番気になるのは、きっとドシンと大きな音がするに違いない点だ。どの扉の向こうにいる人も、恐がりはしないまでも心配するだろう。でも、思い切ってやってみるしかない。

グレゴールがすでに半分ほどベッドからせり出したとき（新しい方法で頑張っているというより、遊んでいるようなものだった。勢いをつけて揺れてさえいればいいのだから）、ふと、誰かが手助けしてくれていたら何もかも全部簡単だったのにという思いがよぎった。力持ちが二人いれば（念頭にあったのは父親とメイドのことだが）、それで十分だ。とにかくこの盛り上がった背中の下に両腕を差し入れ、そのままベッドから引き剝《は》がし、荷物を抱えたまま屈《かが》み込み、こちらがくるりと裏返って着地を決めるのを用心深く見守ってくれさえすればいい。床の上なら、肢どもが多少は役に立つだろうと期待できる。しかしまあ、扉がどれも施錠されていることは別にして、本当に助けを呼んだりしていいのか？　困りはてているはずなのに、そう思うと、ついニヤリとしてしまう。

いよいよ、一度大きく揺れたらバランスを崩しそうなところまで来た。もうじき最終的に心を決めなければならない。あと五分もすれば七時十五分だから。——そのとき、アパートの玄関のベルが鳴った。「会社から誰か来たな」と彼は呟き、硬直しかけた。一方、ジタバタする肢どもの踊りは一段とせわしなくなった。一瞬、あたりは静まりかえった。「開ける人がいないんだな」とグレゴールは呟いた。何やら理不尽な希望にしがみついて。けれども、当然のことながら、いつもどおりメイドが足取りも確かに玄関に行って、戸を開けた。グレゴールは、客が挨拶《あいさつ》する最初の一言を聞きさえすれば、誰だか分かった。——業務代理人その人だ。いったいなぜグレゴールは、ほんのちょっと遅刻しただけで即、最大限の疑いをかけられるような商社に勤めるなどという罰を受けるはめになったのだろう？　社員はどいつもこいつもクズばかりだというのか。たとえば朝のほんの二、三時間を会社のために有効利用できなかったからといって良心の呵責《かしゃく》で頭がおかしくなり、ベッドから出られなくなるほど忠実で献身的な人間は一人もいないとでも？　本当に、問い合わせには見習い中の若僧《わかぞう》でも寄こせば十分ではないか（そもそも、わざわざ問い合わせたりする必要があればの話だが）。業務代理人が直々《じきじき》お出ましになる必要があるのか。この疑わしい一件の取り調べは業務代理人の一存に任されているということを、罪のない家族全員に見せつける必要があるのか？　そして、ちゃんと決心してというより、こんなふうに思案するあまり興奮したせいで、グレゴールはめいっぱい勢いよくベッドから跳び出した。ぶつかる大きな音がしたが、本格的にドシンといったわけではない。転落の衝撃がじゅうたんで少し和らげられたし、グレゴールが思ったより背中には弾力があった。それで、さほど耳につかない、くぐもった音が響いたのだ。ただ、頭の構え方は用心が足りなかったので、ぶつけてしまった。腹立ちまぎれに、そして痛みのあまり首をひねり、頭をじゅうたんにこすりつけた。

「中で何か落ちましたな」と業務代理人が左隣の部屋で言った。グレゴールは、今日、自分の身に起きたのと似たようなことが、いつか業務代理人の身にも起こりうるのではないかと想像してみようとした。可能性がないとは言い切れまい。ところが、この疑問に対して乱暴に答えるかのように、ちょうど業務代理人が隣の部屋で二、三歩のしのし歩き、エナメル製のブーツをぎゅうぎゅう鳴らした。右隣の部屋から妹が、グレゴールに注進するべく、ささやいた。「グレゴール兄さん、業務代理人が来たわよ」「分かってるさ」とグレゴールはぼそりと言ったが、思い切って妹に聞こえるほど声を高める気にはなれない。

「グレゴール」と今度は父親が左隣の部屋で言った。「業務代理人さんがいらっしゃって、なぜ朝の列車で発《た》たなかったのかお尋ねだ。どう申し上げたらいいか、わしらには分からん。ちなみに、おまえにじかに会って話したいとおっしゃっている。だから扉を開けてくれんか。部屋が散らかっていても、きっと大目に見てくださるさ」「おはよう、ザムザ君」と業務代理人が愛想よく口を挟んだ。「具合が悪いのです」と母親が、まだ父親が扉ごしに話しているのを尻目《しりめ》に業務代理人に言った。「具合が悪いのですよ。信じてください、業務代理人さま。そうでなければ、グレゴールが列車にむざむざ遅刻するはずがありません！　あの子、会社のことしか頭にないんですから。ちっとも夜遊びに出かけないので、腹が立つくらいですよ。今回は一週間も都心に滞在しておりましたのに、毎晩在宅でした。うちのテーブルの席に座って静かに新聞を読んだり、時刻表を調べたりするのでございます。糸ノコギリで工作でもしていれば、それが気晴らしになるありさまで。たとえば、この二晩か三晩のうちに、木を削って小さな額縁をこしらえましてね。きれいな出来栄《ば》えで、びっくりなさいますよ。部屋の中に掛かっております。グレゴールが開けましたら、すぐご覧になれます。それはそうと、業務代理人さまにお越しいただけて、嬉《うれ》しゅうございます。わたくしどもだけではグレゴールに扉を開けさせるのは無理だったでしょうから。とても頑固な子なんです。でも、きっと具合が悪いのです。朝方、悪くないと申しておりましたけれど」「すぐ行く」とグレゴールはゆっくり慎重に言って、身じろぎもせず、一言も聞き漏らすまいとした。「たしかに奥さま、それ以外に説明がつきませんな」と業務代理人は言った。「大事《おおごと》でなければよいのですが。その一方、こうも言わねばなりませんが。われわれ会社人間は（幸か不幸かはさておき）少しぐらい具合が悪くても、会社のためを思えば気合いで乗り切らねばならんのです」「それじゃあ、業務代理人さんに入ってもらっていいか？」と、しびれを切らした父親が尋ね、また扉をノックしてきた。「いけない」とグレゴールは言った。左隣の部屋には気まずい沈黙が訪れ、右隣の部屋では妹がシクシク泣きはじめた。

　妹はなぜ他のみんなのところへ行かないのだろうか？　今さっき起きてベッドから出たばかりで、服を着替えはじめてもいなかったのだろう。では、なぜ泣いているのか？　兄が起きてこず、業務代理人を中に入れないからか。兄が職を失う危険にさらされているからか。兄が失業すれば、社長がまた昔の要求を持ち出してきて両親をいじめるからか？　いや、今の時点では心配する必要のないことだ。グレゴールはまだここにいるし、家族を見捨てるつもりなどさらさらない。たしかに目下、じゅうたんの上に倒れているわけで、この状態を知っている人なら、業務代理人を入れてやれと本気で要求してはこないだろう。ともあれ、こんな小さな失礼をしたからって、あとでうまい言い訳を見つけるのは簡単だろうし、即刻クビになるはずはない。だからグレゴールに言わせれば、今は泣いたり説得したりしてくるのはやめて、そっとしておいてくれたら、たぶんその方がずっと賢い。だが、なにしろ状況が雲をつかむようだから、他のみんなはストレスが溜《た》まっているのだ。ああいう言動をしてしまうのも仕方ない。

「ザムザ君」と業務代理人が、今度は声高に呼びかけてきた。「いったいどうしたのかね？　自分の部屋をバリケード封鎖して、いいか悪いかしか返事せず、必要もないのにご両親に大変ご心配をおかけしている。しかも（ついでに言わせてもらうと）まさに前代未聞のやり方で、むざむざ職務をすっぽかすときた。ご両親と社長の名において切にお願いするが、今すぐ、はっきり説明してくれたまえ。びっくり、びっくりだよ。きみは落ち着きのある、賢い人だとばかり思っていたのに、それが突然、妙な気まぐれを見せびらかしはじめるとは。実は社長は今朝方、きみが仕事をすっぽかして遅刻した件について、ほら、あれで説明がつくんじゃないかとおっしゃっていた（最近、きみに任されるようになった債権回収の仕事にからめてね）。けれども私は、そんな説明は的外れだと、誓いを立てんばかりに力説したものさ。ところが今、こうしてきみの意味不明な強情っぷりを見せつけられて、ほんの少しでもきみの肩を持とうなんて気は一切なくなったよ。あと、きみの地位は安泰ってわけでは全然ないぞ。もともとは、きみと二人きりのときに全部教えてやるつもりだったんだがね。こうしてむざむざ時間を無駄にさせられていると、ご両親のお耳に入れてはいけない理由が分からなくなる。つまりだね、最近のきみの業績はさっぱり振るわないってことだ。たしかに商売繁盛の時季じゃなかった。重々承知だ。だがね、そもそも商売をしないための時季なんてものはないんだ、ザムザ君。あってはならんのだ」

「あの、業務代理人さん」とグレゴールは我を忘れて叫んだ。浮き足立つあまり他のことは全部忘れていた。「すぐ開けますよ。今すぐ。ちょっと体調が悪くて、めまいがしたので、起き上がれなかったんです。まだベッドに寝ています。でもほら、もうすっかり回復しました。ちょうどベッドから出るところです。ほんの一瞬だけご辛抱ください！　まだ思ったほど調子がよくありませんので。でも、具合はもういいんです。まさかこんなことが人間の身に降りかかるなんて！　昨晩はまだ万全だったんです。両親に訊《き》いてみてください。いや、昨晩もう、かすかに予兆はありました。顔色で分かったはずです。なぜ会社に知らせなかったのかなあ！　ただ、家でおとなしくしていなくても病気は治せるって思いがちなんですよね。業務代理人さん！　両親をそっとしておいてやってください！　今おっしゃっている非難は全部、根も葉もないものばかりです。噂《うわさ》にすらなってませんよ。お送りした最新の注文書の束を、まだご覧になっていないのでは。それはそうと、八時の列車で出張に出かけます。二、三時間休んだら元気になりましたので。お待ちくださるには及びませんよ、業務代理人さん。すぐ自力で仕事に参ります。どうかその旨をお伝えいただき、社長におとりなしのほど、よろしくお願いいたします！」

　グレゴールはこうしたことを全部、大慌てでしゃべり散らしながら、自分でも何を言っているかろくに分からずにいたが、そのあいだにも、ベッドで習得済みの体術のおかげか、やすやすと戸棚に近づいていた。それから戸棚を支えに立ち上がろうとした。実際に扉を開け、実際に姿を見せて業務代理人と話すつもりだった。手ぐすね引いて待ち構えている他の連中がこの姿を見て何と言うか、知りたくてたまらなかった。連中がギョッとしたとしても、もうグレゴールの責任ではないから、落ち着いて構えていればいい。逆に、連中が落ち着いてすべてを受け止めてくれるなら、こちらが浮き足立つ理由はない。急げば八時には実際に駅に着けるだろう。最初のうち、つるつるした戸棚から何度か滑り落ちたが、最後に弾みをつけ、ついに直立することができた。下半身の痛みが焼けつくようだったけれど、もう気にしない。今度は手近にある椅子の背もたれに倒れかかり、肢《あし》を使って背もたれの端にすがりついた。この体勢に至るとともに自制心を取り戻しており、はっと口を噤《つぐ》んだ。業務代理人がしゃべっているのが耳に入ったからだ。

「一言でも聴き取れましたか？」と業務代理人は両親に尋ねていた。「もしや、我々をからかっているのではありませんかな？」「後生《ごしょう》です」と母親がもう涙声で叫んだ。「重い病気かもしれません。みんなで寄ってたかってあの子を苦しめているんだわ。グレーテ！　グレーテ！」と母は続いて金切り声をあげた。「母さん？」と妹が反対側から叫んだ。グレゴールの部屋を挟んで会話しているわけである。「今すぐ医者のところに行ってちょうだい。グレゴールが病気よ。急いで医者を連れてくるの。今のグレゴールの話し声、聞こえた？」「動物の鳴き声でしたな」と業務代理人が言った。母親の金切り声と比べると、一段と小声に聞こえる。「アンナ！　アンナ！」と父親が玄関ホールごしに台所めがけて叫び、手を叩《たた》いた。「今すぐ鍵屋《かぎや》を呼べ！」すると早くも二人の少女がスカートをさらさらいわせながらホールを駆け抜け（いったい妹はどうやってこんなにすばやく着替えたんだろう？）、アパートの玄関の扉を開けた。扉がバタンと閉まる音はさっぱり聞こえてこない。どうやら開け放していったらしい。大きな不幸があったアパートでは、よくあることだ。

対するグレゴールは、ずいぶん落ち着いてきた。たしかに言葉は聴き取ってもらえない。自分では十分はっきりした、前よりはっきりした音に思えるのに。たぶん耳が慣れたせいだろう。しかしまあ、とにかくみんなあれを聞いて、何かがおかしいと思い、助けてくれる気になったわけだ。最初の一連の措置がなされた際、迷いも揺らぎもなかったので、気持ちがよかった。また人間の仲間入りをした気がした。そして医者と鍵屋をちゃんと区別できないまま、その二人が大した成果を、驚異的な成果を上げるのではないかと期待した。間近に迫った決定的な話し合いに備えて、なるべくはっきりした声が出せるようになっておこうと、少し咳払《せきばら》いをした。ただし、とことん音を抑えようと苦労した。咳払いの音からして人間の咳とは違う響きになるかもしれないから。自分ではもう、あえて判定する気にもなれないが。そうこうするうちに、隣の部屋はすっかり静まりかえっていた。もしかして両親は業務代理人とテーブルの席に座り、ひそひそ話をしているのかもしれない。もしかして三人とも扉の向こうで聞き耳を立てているのかもしれない。

グレゴールはゆっくり椅子ごと扉へにじり寄り、たどり着くと扉めがけて身を投げ、扉にくっついて直立する格好になり（肢の先っぽのふくらみからはネバネバするものが微量ながら出ていた）、そこで一瞬、緊張を解いて一休みした。かと思うと、次は鍵穴に差した鍵を口で回す作業に取りかかった。残念ながら、どうやら歯らしい歯がないようだったが（いったい何で鍵をくわえろというのだ？）、その代わり、もちろん顎《あご》がとても強靭《きょうじん》だったので、おかげさまで実際に鍵を動かすことができ、どこかを切ったのは疑いないけれども気にしなかった。ただ、茶色の液体が口から流れ出し、鍵を伝い、ぽたぽたと床に垂れた。「ほら、お聞きください」と業務代理人が隣の部屋で言った。「鍵を回してますよ」それでグレゴールは大いに元気が出たが、できればみんなに声援を送ってほしかった。父さんと母さんにも。「がんばれグレゴール」と叫んでほしかった。「さあ、その調子。その調子で鍵穴にグッと！」この苦労をみんなが固唾《かたず》を呑《の》んで見守っているのだと想像し、あらんかぎりの力をふり絞って無我夢中で鍵に食らいついた。鍵の回転が進むにつれ、自分もジタバタしながら鍵穴を軸にぐるりと回るはめになった。とうとう直立の姿勢を口だけで支えるまでになり、必要に応じて鍵にぶら下がったり、はたまた全身の重みをかけて鍵を押し下げたりした。ついにカチャリと解錠する澄んだ音が響き、グレゴールは文字どおり目が覚めた。ホッと一息つきながら「そんなわけで、鍵屋は要らなかったな」と彼は呟《つぶや》き、扉を完全に開けるためにドアノブに頭をつけた。

そんなやり方で扉を開けなければならなかったので、扉がもうかなり広く開いているのに、彼はまだ自分の姿を見せてはいなかった。まずは両開きの扉の片方をゆっくり伝って回り込まなければならず、そちらの部屋に入る直前でぶざまに仰向《あおむ》けに倒れたくなければ、用心に用心を重ねる必要があった。この大変な運動にかまけて他のことを気にするゆとりはなかったが、そのとき業務代理人が「あっ！」と大声を出すのが聞こえ——風がゴオッと吹いたみたいな音が響いた。彼にも相手の姿が見えた。つまり、こいつが扉に一番近いところにいたわけだ。開いた口に片手をあて、じりじり後ずさりしている。まるで目に見えない力が一定のテンポで作用し、押しやっているかのようだ。母親は（業務代理人のいる前だというのに、夜のうちにひどい寝《ね》癖《ぐせ》がついた髪をほどいたままの格好で突っ立ち）まず両手を組んで父親を見つめ、次にグレゴールの方に二歩踏み出し、ふわりと周囲に広がったスカートの中央で崩れ落ちた。がっくり伏せた顔は胸に埋もれて全然見えない。父親は、まるでグレゴールを自分の部屋に追い返そうとするかのように敵意むきだしの表情で拳《こぶし》を握り、次に自信なげに居間の中を見回し、また次に両手で目を覆って泣いた。分厚い胸板がわなわなと震えている。

グレゴールはといえば、はなからあちらの部屋に入るのはやめて、両開きの扉の金具で固定された方に内側からもたれかかった。だから胴体が半分だけと、斜めにかしげた頭がその上に見えた。首を伸ばして他のみんなの様子を窺《うかが》っていたのだ。いつのまにか、ずいぶん明るくなっていた。通りの反対側にくっきりと浮かび上がるのは、どこまでも続くかのような向かいの黒ずんだ灰色の建物（つまり病院）の一部だ。その正面には、一定間隔で穴があいているように窓がまっすぐ並ぶ。あいかわらず雨が降っていたが、大きな雨粒が一つずつ目に見えて、文字どおり一粒ずつ地面に打ちつけられている。朝食の食器類がどっさりテーブルに載っていた。父親にとって、朝食が一日で一番大切な食事だからだ。色々な新聞を読みながら何時間もかけて食べるのだ。ちょうど向かい側の壁に、グレゴールが軍隊に入っていたころの写真が一枚掛かっていた。写真の中の彼は少尉で、軍刀の柄《つか》に手をかけ、屈託なく微笑《ほほえ》み、自分のポーズと軍服に敬意を払えと要求している。玄関ホールへの扉は開いており、玄関の扉も開けっ放しだったので、玄関先のポーチと下り階段の入口まで見えた。

「さて」とグレゴールは言って、落ち着きを保っているのは自分一人だと意識した。

「すぐ着替えて、商品サンプルを詰めて出かけるとするか。二人とも、そのつもりなんだよね。ぼくが出かけるのを引き留めないつもりなんだよね？　さて業務代理人さん、ご覧のとおり、私は強情を張ったりいたしませんし、働くのは好きなんですよ。出張ばかりの仕事はキツいですが、出張なしで生きていられる気もしません。それで業務代理人さん、どちらにいらっしゃるところでしょうか？　会社へ？　ですよね？　何もかも全部、ありのままに報告してくださいますか？　誰だって一時的に働けなくなることはありますが、そんなときこそ、その人がこれまで積んできた業績を思い出し、いずれ障害が取り除かれたら輪をかけて勤勉かつ集中して働くだろうと思うべきタイミングなんですよ。ほら、私は社長に大きな恩義があります。よくよくご存じですよね。その一方、両親や妹のことが心配です。板挟みですよ。それでも、がんばって働いて切り抜けるつもりです。ですがこれ以上、話を難しくしないでいただきたい。ただでさえ難しいんですから。会社では私の味方をしてください！　セールスマンは好かれません。承知しておりますとも。がっぽり儲《もう》けて、その金でぬくぬく暮らしてるんだと思われている。そんな偏見を一から考え直すきっかけも別にない。ただ、業務代理人さんは違います。他のどんな従業員より事情に通じておられる。それどころか、腹を割って申し上げると、社長本人より事情に通じておられる。なにしろ社長は経営者としての特性上、ともすれば社員に不利な判断ミスに陥りがちですからね。それに、セールスマンはほぼ一年中ずっと会社の外にいるので、ごく簡単に、陰口や思いがけない事件や根も葉もないクレームの犠牲になるってことも、よくご存じでしょう。そういうものから身を守るのはまったく不可能です。たいていの場合、何一つ知らされないまま、へとへとになって出張から戻ると、もう原因が見通せなくなっている事柄の悪い結果ばかりをひしひしと感じるといった始末です。業務代理人さん、まだお帰りにならないでください。私の発言が少なくともごく一部は正しいとお認めいただいていることが分かるお言葉を、せめて一言なりともおっしゃるまでは！」

　けれども業務代理人は、グレゴールが口火を切るとすぐ顔をそむけ、すくめた肩ごしに唇を尖《とが》らせてグレゴールを見やるだけになっていた。そしてグレゴールが話しているあいだ、一瞬たりとも立ち止まらず、グレゴールから目を離さないようにしながら、こっそり扉の方へ退却していった。ただし、部屋から出ることを密《ひそ》かに禁止されているかのようにゆっくり、ゆっくりと。もう玄関ホールにたどり着いた。居間から出る最後の一足が急に加速したので、足の裏を火傷《やけど》したのかと思うほどだ。かと思うと、ホールで右手を階段の方へぐっと差し伸べた。まるで、そちらでこの世のものならぬ救いが待ってくれているかのように。

　グレゴールは、このせいで会社での自分の地位がめいっぱい危険にさらされるのが嫌なら、業務代理人をこんな気分のまま帰してしまっては絶対いけないと悟った。両親は、こうしたこと全部をあまりよく理解できていなかった。長い年月のうちに、グレゴールはこの会社で終身雇用を保障されていると確信してしまっていたのだ。しかも今は目先の心配に囚《とら》われすぎて、もっと先のことが一切見えなくなっている。対するグレゴールには先のことが見えていた。業務代理人を引き留め、落ち着かせ、説得し、最終的に味方につけなければならない。グレゴールと家族の未来は、その点にかかっている！　妹がここにいてくれたら！　妹は頭がいい。グレゴールがまだ落ち着いて仰向けでのうのうと寝ていたころに、もう泣いていたじゃないか。それに業務代理人は女に甘いから、妹ならやつを骨抜きにできただろう。玄関の扉を閉め、恐くありませんよとホールでなだめすかしてくれたはずだ。けれども妹は今いない。グレゴール自身が行動しなければ。そこで、自分の現時点での運動能力がまだ全然よく分からないことは念頭になく、自分の話がもしかすると――いや、たぶん聴き取ってもらえないだろうことも念頭になく、両開きの扉を離れた。開いた部分を伝い歩きで通り抜け、玄関先のポーチの手すりに滑稽《こっけい》にも両手でしがみついている業務代理人のところへ行こうとした。ところがその直後、つかまるものを求めてあがきながら倒れ込み、小さな悲鳴をあげて、たくさんある肢《あし》で着地した。そのとたん、今朝初めて身体が楽になった。肢がしっかり床についている感じがするし、嬉《うれ》しいことに、完全にこちらの言うことを聞くではないか。それどころか大奮発で、行きたい方に運んでくれようとしている。もはや、ありとあらゆる不調が完治するのも間近だという気がしてきた。けれどもその瞬間、つまり動きだそうとする身体を抑えきれずに貧乏《びんぼう》揺すりしながら、母親から遠からぬ場所でちょうど向かい合わせに床の上で倒れていた瞬間、周囲のことがまるで見えていない様子だった母親がいきなり高々と跳び上がり、両腕でバンザイの格好をして指を広げ、「助けて、後生だから助けて！」と叫び、グレゴールをもっとよく見ようとするかのように頭を前屈《まえかが》みにして、それとは矛盾するようだが、見境なく後ろ向きにダッシュした。食器類が載ったテーブルが背後にあるのを忘れており、それにぶつかると、放心の体《てい》でせわしなく腰を下ろした。すぐ横でひっくり返ったポットからコーヒーがこぼれ、ドバドバとじゅうたんに流れ落ちているのにも一切気がついていない様子だ。

「母さん、母さん」とグレゴールは小声で言って、母親を見上げた。業務代理人のことは一瞬、すっかり頭から抜けていた。それでいて、コーヒーの滝を目にすると、つい何度も顎《あご》をパクパクさせてしまった。それを見て母親はあらためて金切り声をあげ、テーブルから逃げて、迎えにきた父親に抱きとめられた。けれどもグレゴールは、今は両親に構っている暇はない。業務代理人はもう階段を降りかけていたが、階段の手すりに顎の先をつけ、最後にもう一度こちらを覗《のぞ》き込んだ。なるべく確実に追いつけるように、グレゴールは助走をつけた。業務代理人は何か虫の知らせがしたに違いなく、数段飛ばしで階段を駆け下り、姿を消した。おまけにとばかりに「ひえぇ！」と悲鳴をあげていったので、その声が階段の上から下まで響きわたった。残念ながら、こうして業務代理人が逃げ出したせいで、それまで比較的冷静だった父親もすっかり気が動転したようだ。自分で業務代理人を追いかけるか、せめてグレゴールが追跡に移るのを妨げないでいる代わりに、業務代理人が帽子やコートごと椅子の上に忘れていった杖《つえ》を右手でつかみ、左手でテーブルから大きな新聞を取り上げると、ドシドシ足を踏み鳴らしながら、杖と新聞を振り回してグレゴールを自分の部屋に追い返しにかかったのだ。グレゴールが懇願しても無駄だった。そもそも懇願を聴き取ってはもらえず、どれだけ低姿勢で首をぐるぐる回しても、父親はますます強く足を踏み鳴らすだけだった。向こうでは母親が、肌寒い天気なのに窓を一つ開け放ち、身を乗り出して、窓の外にぐっと突き出した顔を両手で覆った。街路と階段のあいだに強い隙間《すきま》風が吹きはじめ、窓のカーテンが次々とめくれ上がり、テーブルの上の新聞がガサガサ鳴って、何枚かがバラバラに吹き飛ばされて床に散った。容赦なく父親が迫り、シッシッと音を発している。野蛮人のようだ。対するグレゴールは、後ずさりの術はまだ全然練習していなかったので、本当にとてもゆっくりとしか動けなかった。せめて方向転換させてもらえたら、グレゴールはすぐ自分の部屋に戻っていただろう。けれども、方向転換に時間を食ったら父親がしびれを切らすのではないかと怖かったし、次の瞬間にも父親が握る杖の一撃で背中か頭に致命傷を受けるかもしれない。しかし、ついにグレゴールは他にどうしようもなくなった。後ずさりしながらでは一定の方向に進むことすらままならないことに気づき、愕然《がくぜん》としたからだ。そこで、たえず不安に駆られてビクビクと父親を横目で見ながら、できるだけすばやく、とはいえ実際にはひどくゆっくり方向転換しはじめた。おそらく父親はこちらが善意でやっていることに気づいたのだろう。というのも、邪魔しないどころか、ときどき遠くから杖の先っぽで回転運動の道筋を示してくれさえしたからだ。それにしても、この耐えがたいシッシッというのを父さんがやめてくれたらいいのに！　おかげでグレゴールはすっかり度を失っていた。ほぼ方向転換し終えたのに、ずっとこのシッシッという音に気を取られていたせいで混乱し、少しばかり逆回転したりもした。それにもめげず、めでたく頭を扉の開いた部分に向けるところまで漕《こ》ぎつけたとき、すんなり通り抜けるには身体の横幅が広すぎることが判明した。父親の今の精神状態からして、たとえば両開きの扉のもう片方を開けてグレゴールのために十分な通り道を確保してくれることなど思いつくはずもない。とにかくさっさとグレゴールを自分の部屋に戻すという考えで頭が凝り固まっているのだ。グレゴールが立ち上がり、直立方式で扉をくぐったりするのに必要になる七《しち》面倒な準備をさせてもらえるとも思えない。それどころか父親は、まるで何の障害もないかのように、ひときわやかましい騒音を立てながらグレゴールを追い立て、前進させようとした。グレゴールの背後で響いているのは、たった一人の父親の声だとはもう思えない。本当にもう冗談じゃない。グレゴールは（どうとでもなれと）扉に突っ込んだ。身体の片側が浮き、扉の開いた部分に斜めに押し込まれる格好になった。片方の横腹がべろりとすりむけ、白い扉に汚らしいシミがついた。ほどなく、ぎっちりはまり込んでしまい、自力では身動きできなくなった。肢の片側の列が宙に浮いてピクピク痙攣《けいれん》し、もう片側は床に押しつけられて痛い。――そのとき、父親が背後からガツンと突いてくれた。今度ばかりは、まさに救いの一手だ。だらだら血を流しながら、彼は自分の部屋の奥まで吹っ飛んだ。ついでに扉が杖でバタンと閉められ、ようやく静かになった。

Ⅱ

　夕闇が迫るころ、グレゴールはようやく気絶のような重苦しい眠りから覚めた。邪魔が入らなくても、きっと遅かれ早かれ目が覚めたのだろう。というのも、十分に休息と睡眠が取れた感覚があったからだ。ただ、かすかに足音がしたり、玄関ホールに通じる扉がそっと閉じられたりしたせいで起こされたような気がしていた。街灯の電気の光で天井や家具の上部のそこかしこが青白く照らされていたが、下のグレゴールがいるところは真っ暗だった。触角とはなかなか便利なものだと今ようやく学習したので、まだおぼつかない触角さばきであたりを探りながら、彼はゆっくり扉の方へにじり寄った。そこで何が起こったのか確かめるために。彼の左の横腹は丸ごと全部、さながら一本の細長い傷口になったような具合で、ひきつれて気持ち悪く、二列に並んだ肢で歩こうとすると露骨にギクシャクした歩き方になった。おまけに小さな肢が一本、午前中の騒動のさなかに重傷を負って（傷を負ったのが一本で済んだのは、ほとんど奇跡だ）、死んだようにぐったり引きずられるままになっていた。

　扉のところまで来てようやく、彼は自分が本当は何におびき寄せられたのかに気づいた。何か食べ物の匂《にお》いだ。はたして、そこには甘いミルクがなみなみと注がれた容器が置いてあった。細《こま》かくちぎった白パンが浮いている。嬉《うれ》しさのあまり笑いだしそうになった。なにしろ朝に輪をかけて腹が空《す》いていたのだ。すぐさま、両目が浸《つ》かりかけるほどの勢いでミルクに首を突っ込んだ。けれども、じきにがっかりして引っ込めた。傷《いた》んだ左の横腹をかばいながらなので食べるのが難しい（青息吐息で全身の動きをすり合わせなければ食べられない）だけでなく、ミルクが全然おいしくないのだ。もともと大好物の飲み物で、だからこそ妹が差し入れてくれたに違いないのに。おいしくないどころではない。ほとんどムカムカして容器に背を向け、部屋の中央まで這《は》い戻った。

　扉の隙間から漏れる明かりがグレゴールの目に入った。居間にガス灯がともっているのだ。ただ、普段ならこの時刻には父親が母親に、ときどき妹にも、声を張りあげて夕刊を読み聞かせる習慣だったが、今は物音一つしない。この読み聞かせの件は妹がいつも話してくれて、手紙にも書いてくれていたのだが。もしかすると最近は習慣が廃《すた》れてしまったのかもしれない。それにしても、みんな留守なんてことはないはずなのに、あたりは静まり返っている。「この家族ときたら、えらく静かに暮らしているなあ」とグレゴールは呟《つぶや》き、暗闇に目を凝らしながら、両親と妹にこんな高級アパートでこんな暮らしをさせてやれていることをとても誇らしく思った。しかし、この落ち着いた暮らしが、裕福で満ち足りた生活が一切合切、恐怖とともに終わりを告げるとしたら、どうだろう？　そんな考えに耽《ふけ》るよりはと、グレゴールは身体を動かすことにして、部屋の中をあちこち這い回った。

宵《よい》の口がだらだら続くあいだに、側面の扉の片方が一度、もう片方の扉が一度、ごく薄めに開かれては、またさっと閉められた。誰かが中に入りたがっているが、懸念材料が多すぎるのだろう。そこでグレゴールは、居間のすぐ近くに陣取った。引っ込み思案の客を何とか中に入れるか、無理ならせめて誰なのか確かめようと決心して。ところが、扉はそれきり開かず、グレゴールが待っても無駄だった。今朝、扉が施錠されていたころは、みんなが中に入れてもらいたがった。今は、扉のうち一つは彼が自力で開錠済みだし、残る二つもどうやら日中に開錠されたらしいのに、もう誰も入ってこない。しかも鍵《かぎ》が外側からも差し込まれている。

夜が更《ふ》けたころ、ようやく居間の明かりが消えた。両親と妹がこんなに遅くまで起きていたことを確認するのは簡単だった。耳を澄ますと、三人揃って忍び足で遠ざかってゆく足音が聞こえたのだ。これで、もう朝まで誰もグレゴールの部屋に入ってこないのは間違いない。つまり、邪魔が入ることもないので、これから自分の生活をどう立て直せばよいかをじっくり考える時間があるわけだ。けれども、この天井の高い、がらんとした部屋の中で、床に平たく腹ばいになっていると、原因は分からないが不安になってくる。五年前から住んでいる自分の部屋だというのに。——そして、半ば無意識に向きを換え、ちょっと恥ずかしい気がしなくもなかったが、急いでソファーの下にもぐり込んだ。こうすると、背中が少しつっかえるし頭を持ち上げることもできなくなるものの、すぐにとても居心地よくなった。ただ、身体の横幅が広すぎて完全にはソファーの下に入りきらないのだけが残念だが。

彼は夜通しそこに居座り、うとうとまどろみながら空腹のあまりハッとして目が覚めることを繰り返したり、心配したり漠然とした希望を抱いたりしながら過ごした。しかし、何をどう考えても、結論として、さしあたり落ち着いたふるまいをするしかない。とにかく現状では、家族に色々と不快な思いをさせるのは仕方ないが、不快さに耐えてもらえるよう、辛抱強く、最大限の思いやりを発揮して励まなければならない。

まだ夜のうちと言えるぐらいの早朝に、グレゴールは自分が固めた決意の強度を試される機会に早くも直面した。玄関ホールの方から、ほぼ身支度を終えた妹が扉を開け、緊張の面持《おもも》ちで覗《のぞ》き込んだのだ。妹はすぐには彼を見つけられなかったが、ソファーの下にいるのに気づくと（勘弁してよ、どこかにいるに決まってるじゃないか。空のかなたに飛んでゆけるわけないし）恐れおののき、茫然《ぼうぜん》自失の体《てい》で外側からバタンと扉を閉めた。けれども妹は、自分のふるまいを後悔したとでもいうのか、即座にまた扉を開き、まるで重病人か知らない人を見舞いにきたかのように忍び足で入ってきた。ソファーの端ぎりぎりまで頭を寄せていたグレゴールは、妹を観察した。ミルクを残していることに気づいてもらえるだろうか。ついでに、腹が空いていないからでは全然ないことに。もっと口に合う、別の食べ物を持ってきてくれるだろうか？　妹が自分からそうしてくれないなら、気づいてもらえるよう働きかけるよりは飢え死にした方がましだ。本当は、ソファーの下から飛び出し、妹の足もとで土下座して、何かうまいものを食わせてくれと頼みたくてたまらなかったのだが。はたして妹は、容器のミルクが周りに少しこぼれているだけで減っていないことに即座に気づいて怪訝《けげん》に思い、すぐに容器を拾い上げた。ただし素手ではなく、雑巾《ぞうきん》ごしに。そして外に運び出した。グレゴールは、代わりに何を持ってきてくれるのか知りたくてうずうずしており、あれこれと考えをめぐらせていた。しかし、実際に妹が親切心でやってくれたのは、到底考えの及ばないようなことだった。彼の好き嫌いを調べるため、色々なものを一式取り揃え、古新聞の上に並べてくれたのだ。古くなって腐りかけた野菜。晩ご飯の残りの、固まったホワイトソースがこびりついた骨。干しブドウとアーモンド少々。グレゴールが二日前、食えたものじゃないと断言したチーズ。何もつけていないパン、バターを塗ったパン、バターを塗って塩をふったパン。あと、妹はそれ以外に、どうやらこれっきりグレゴール専用と決まったらしい容器に水を入れてくれていた。しかも、自分の面前ではグレゴールが食べられないと承知していたので、濃《こま》やかな心遣いを見せて大急ぎで退散し、それどころか鍵を回してくれた。とにかくグレゴールが好きなように食べ散らかしていいと気づかせるためだ。いざ食事という段になると、グレゴールの肢《あし》はわさわさと動いた。ところで、傷はもうすっかり治ってしまったらしく、どこにも不具合がある感じはしない。彼はびっくりした。一ヵ月以上前にナイフでほんの少し指を切ってしまい、その傷がおとといの時点でまだ普通に痛んでいたことを思い出した。「前より鈍感になったってことか?」と彼は思い、かと思うと、もうガツガツとチーズにしゃぶりついていた。他のどの食べ物より、これに即座にかつ強烈にそそられたのだ。矢つぎ早《ばや》に、満足のあまり目に涙を浮かべながら、彼はチーズ、野菜、ソースをむさぼり食った。それにひきかえ、新鮮な食べ物はおいしくなかった。その匂いすら耐えられず、自分が食べたいものをずるずると引きずって少し引き離したほどだ。妹が、どいてくれという合図にゆっくり鍵を回したとき、彼はとっくに食べ終わり、同じ場所でだらだら寝そべっていた。すでにうとうとしかけていたのだが、ビクッとして即座に跳ね起き、急いでソファーの下に戻った。しかしながら、短時間とはいえ妹が部屋の中にいるあいだソファーの下に留《とど》まっているのには、大いに自制心を必要とした。たらふく食べて腹が少しぽっこり出ていたせいで、こんなに窮屈な場所ではろくに息ができなかったからだ。軽い窒息の発作に何度も襲われながら、彼はやや飛び出した目で、何も知らない妹がホウキで食べ残しだけでなくグレゴールが全然手をつけなかった食べ物まで用済みとばかりに掃き集め、何もかも全部せかせかとバケツにぶち込み、木の蓋《ふた》をしてから外に運び出すのを見守った。妹が背を向けると間髪を容《い》れず、グレゴールはソファーの下から這《は》い出し、伸びをして身体を膨らませた。

　こんなやり方でグレゴールは日々の食事にありつくことになった。両親とメイドがまだ寝ている朝のうちに一度。二度目はみんなの昼食後だ。そのタイミングで両親は二人とも昼寝をするし、メイドは妹に何か用事を言いつかって外に出されるのだった。この三人にせよ、グレゴールが飢え死にするのを望んでいたわけではないが、彼の食事については噂話で知る以上のことを見たり聞いたりするのは耐えられなかったのだろう。もしかすると妹は、みんなの悲しみをできればほんの少しだけでも減らしてあげたいと思ったのかもしれない。実際問題、みんながもう嫌というほど苦しんだからという理由で。

　あの最初の日の午前中、どんな言い訳をして医者と鍵屋にお引き取り願ったのか、グレゴールには知るよしもなかった。彼の言うことは聞いても理解できなかったので、彼の方が人の言うことを聞いて理解できているとは、誰一人、妹でさえ思い及ばなかったからだ。そんなわけで、部屋に妹が来ているときでも、せいぜい溜《た》め息をついたり聖人に呼びかけたりするのをたまに聞く程度で満足するしかなかった。あとになって、妹が全部のことに少し慣れてくると（完全に慣れるなんてことは絶対ありえないが）、グレゴールはときどき、好意的な感想、というか好意的と受け取れなくもない感想をちらりと小耳に挟むようになった。「あ、今日のは口に合ったのか」と妹が言うのは、グレゴールが食事をしっかりたいらげたとき。逆であることが次第に増えていったが、そちらの場合、ほとんど悲しげに「また全部残して」と言うのだった。

それはそうと、グレゴールが直接ニュースを聞かせてもらうことはなくなったが、隣の部屋の物音に耳を澄ませて分かることは多々あった。ちょっとでも声がしたら、すぐさま声が聞こえた扉に走り寄り、全身で扉に張りついた。特に最初のころは、ほんの内緒《ないしょ》話も含めて、何かしら彼を話題にしていない会話は一つもなかった。二日間にわたって食事どきには必ず、これからどういう態度を取るべきか相談しているのが聞こえた。いや、食事と食事のあいまにも同じテーマで話をしていた。みんな一人きりで家にいるのは嫌がり、かといって完全に家を空けるわけにもいかないので、家族のうち最低二人はいつも家にいたからだ。あと、メイドは最初の日に早速（この事件について何をどれだけ知っていたかは不明だが）、早くクビにしてくださいと母親に土下座して頼み込み、十五分後に家を出ていく際には、ここで受けた最大の恩恵がこれだと言わんばかりに嬉《うれ》し涙を流しながら、クビにしてくださってありがとうございますとお礼を言った。そして、口止めされてもいないのに、誰にも一切口外いたしませんと鬼気迫る勢いで誓ったものだ。

そこで、妹が母親を手伝って料理までしなければならなくなった。もっとも、大した手間はかからなかった。なにしろ、みんな食事がのどを通らなかったから。誰かが誰かに食事を勧めては無駄に終わり、決まって「ありがとう、もう満腹だよ」などとばかり返事されるのを、グレゴールは何度も繰り返し聞いた。どうやらお酒を飲むこともなくなったようだ。妹はよく父親にビールはいかがと尋ね、買ってきてあげましょうかと優しく申し出て、父親が黙っていると、何も遠慮はいらない、管理人さんにお使いに行ってもらうことだってできるしと言うのだった。ところが父親は結局のところ「いらん」と断言し、そこで話は打ち切りになる。

最初の日のうちに、もう父親は財産の状況や今後の見通しを何から何まで、母親にも妹にも説明して聞かせた。ときどきテーブルから立ち上がり、五年前に店が破産したときに救い出しておいた小さな家庭用金庫から、何やら証書や帳簿を取ってきた。複雑なロックを解錠する音がして、探していたものを取り出したあとにまた施錠する音がした。この父親の説明は、部分的に、グレゴールが囚《とら》われの身になって以降、初めて聞いた嬉しい知らせだった。彼は、あの店がつぶれたあとに父親の手に残ったものは何一つないとばかり思っていた。少なくとも、逆のことを言われたりはしていない。もっとも、グレゴールの側から尋ねたりもしていないのだが。当時のグレゴールの心配ごとは、家族みんなを絶望のどん底に突き落とした不幸な経営破綻《はたん》をできるだけ早くみんなに忘れてもらうために全力を尽くすことだけだった。そこで彼は当時、特別熱心に働きはじめ、ほぼ一夜にして、しがない店員からセールスマンに出世した。そうなると、もちろん稼ぎは段違いだ。仕事での成功は歩合《ぶあい》という形でただちに現金に姿を変えたし、家に持って帰ってテーブルに積み上げると、家族はびっくりして嬉しがったものだ。あのころはよかった。あれほどいい時期は二度となかった。少なくとも、あの輝きはもう色あせている。それ以降もグレゴールは家族全員を養えるくらいお金を稼いでおり、実際に養っていたのだが。家族もグレゴールも慣れてしまい、みんなお金を受け取るときは感謝するし、グレゴールの側も喜んで渡すけれども、特別な熱気が生じる余地はなくなったのだ。ただ妹だけは引き続きグレゴールと仲がよかった。グレゴールとは違って音楽が大好きで、情感たっぷりにヴァイオリンを弾けるこの妹を来年、きっと莫大《ばくだい》な費用がかかって別の方法で工面《くめん》することになるだろうけれども構わず、音楽学校に入れてやるというのが、彼が密《ひそ》かに温めていた計画だった。グレゴールがこの町に短期滞在しているとき、妹と会話すると、よく音楽学校に話が向いたが、いつも、実現するとは思えない美しい夢として話題になるだけだった。ちなみに両親は、そんなふうに無邪気に話題にすることすら快く思わなかった。しかしグレゴールはこの件を大まじめに考えており、クリスマス・イヴにおごそかに発表するつもりだった。

例のごとく直立の姿勢で扉にへばりついて耳を澄ませていると、この手の、現状ではまったく無益な考えが頭をよぎった。ときどき彼は全身の疲労のせいで耳を傾けていられなくなり、うっかり頭を扉にぶつけては、ただちに頭を立て直すのだった。なぜなら、そうやってごく小さな物音を立てただけでも、隣室で聞きとがめられ、みんな黙り込んでしまうからだ。しばらく間をおいて「懲《こ》りずに何かしてやがるぞ」と、どうやら扉に背を向けているらしい父親が言い、それからようやく、中断していた会話がぽつぽつと再開していくのだ。

グレゴールは今では嫌というほど聞かされて（というのも、父親は説明をしばしば繰り返したからだ。父親自身がこうしたものごとから離れて久しかったせいでもあり、母親が一度聞いただけでは全部を理解できなかったせいでもあるが）、あんな不幸があったにもかかわらず、昔の財産がほんの少しとはいえ残っており、利子に手をつけなかったので、そうこうするうちに少々殖《ふ》えているのだと知っていた。しかも、グレゴールが毎月家に入れていたお金は（彼自身が自分のために引くのは二、三グルデンだけだった）使い果たされたわけではなく、貯金に回され、ちょっとした資産を築いていたのだ。グレゴールは扉の向こうで激しく頷《うなず》いた。この思いがけない用心と倹約が嬉しかったので。本来、そんなにお金が余《あま》っているなら、父親が社長にしている借金の返済に回せたはずで、彼が今の職におさらばできる日もずっと早まったはずなのだが。今となっては、父親がしてくれた段取りの方が正解だったのは疑いようがない。

とはいえ、これだけのお金では、一家がたとえば利子で食べてゆくには到底足りなかった。おそらく一年分か、せいぜい二年分の家計をまかなうのに足りるだけ。

それ以上は無理だ。そもそも手をつけてはならず、緊急事態のために取っておくべき金額ということになる。生活費を稼ぐのは必須《ひっす》だ。ただ、父親は健康ではあるけれども年老いて、もう五年も一切働いておらず、どのみちあまり頼りにはならない。この五年間は、苦労が多いわりに報われることがなかった父親の人生に最初に訪れた休暇だったが、そのあいだにどっさり脂肪がつき、そのせいでかなり動きが鈍くなっていたからだ。それでは、年老いた母親がお金を稼ぐのか？　喘息《ぜんそく》を患《わずら》っており、アパートの中を歩き回るのさえ四苦八苦するありさまで、一日おきに呼吸困難に陥り、窓を開け放って窓際の寝椅子で過ごしているというのに。そして妹がお金を稼ぐのか？　まだ十七歳の子どもだというのに。できれば今までどおりの暮らし方をさせてやりたい。おしゃれをしたり、寝坊をしたり、家事手伝いをしたり、つつましい行楽にときたま参加したり、何よりヴァイオリンを弾いたり。そんなことで明け暮れる生活を。お金を稼ぐことが必要だという話がまた始まると、グレゴールはいつも扉を離れ、扉の横に置いてある、ひんやりした革張りの寝椅子に身を投げるのだった。恥ずかしさと悲しみのあまり身体《からだ》が火照《ほて》ってくるから。

しばしば彼はそこで夜どおし寝そべり、一睡もせず、ただただ何時間も革をがりがり掻《か》きむしっていた。あるいは大変な苦労もいとわず椅子を窓際まで押してゆき、それから窓まで壁を這《は》い上がり、椅子を踏み台にして窓にもたれかかるのだった。どうやら、前に窓の外を眺めて味わっていた解放感をどうにかして思い出していただけのようだが。実際、ほんの少し離れたところにあるものでさえ、日を追うごとにはっきり見えなくなってきていた。向かいの病院は、あまりにも頻繁に目につくので忌々《いまいま》しいと前は思っていたのに、もう影も形もなかった。もしも、閑静だが都心にあるシャルロッテ通りに自分が住んでいることをよく知らなかったら、灰色の空と灰色の大地が溶け合って区別できない荒野をこの窓から眺めているのだと思いかねない。注意深い妹は、椅子が窓際にあるのをたった二回見ただけで、部屋の片づけをしたあとには必ず椅子を元どおり窓に寄せておいてくれるようになった。それどころか、今では二重窓の内側を開けておいてくれたりもする。

　せめて妹と話せていたら、そして自分のせいで妹がやるはめになっていること全部にお礼が言えていたら、グレゴールが妹の奉仕活動に耐えるのはもっと簡単だっただろう。しかし実際はつらかった。もちろん妹は、このできごと全体の見苦しさをなるべく見なかったことにしようとしていたし、当然ながら時間が経てば経つほど、見ないふりが上手になっていった。しかしグレゴールの方も、時が経つにつれて万事につけ穿《うが》った見方をするようになった。妹が入ってくるだけで、彼にとっては恐怖だった。入ってくるなり妹は、普段はグレゴールの部屋が誰の目にも触れないように気をつけているくせに、扉を閉める暇も惜しんで窓のところへ直行し、窒息しかけているかのように慌てた手つきで開け放ち、まだ相当寒いのに、しばらく窓辺にたたずんで深呼吸するのだった。こんなふうに走ったり騒音を立てたりして、妹は一日二回、グレゴールを恐怖に陥れた。そのあいだずっと彼はソファーの下で震えていたが、妹だって、もしグレゴールのいる部屋で窓を閉めたまま過ごすのが無理でなければ、きっとこんなことはしないでいてくれただろう。

　あるとき、グレゴールの変身からすでに一ヵ月が過ぎ、妹がグレゴールの外見を見てびっくりする理由は特になくなったころだったか、妹がいつもより早く来て、グレゴールが身じろぎもせず、恐がらせるにはうってつけの直立ポーズで窓の外を眺めているところに出くわすということがあった。妹が窓を開けに直行する道を通せんぼしていたのだから、たとえ妹が入ってこなくても、グレゴールには意外でも何でもなかっただろう。しかし妹は入ってこないどころか、うしろに跳びすさって扉を閉めた。事情を知らない人が見たら、まさにグレゴールが妹を待ち伏せして嚙《か》みつこうとしたのだと思いかねない。もちろんグレゴールはただちにソファーの下に隠れたが、妹が戻ってくるのを待っていたら昼になった。しかも戻ってきた妹は普段よりずっと落ち着きがない様子だった。そこで彼は、妹があいかわらず兄の姿を目にするのは耐えがたいと思っており、今後も耐えがたいと思いつづけるに違いないことを思い知らされた。兄がソファーの下から身体のごく一部をはみ出させているのを目にしただけでも、逃げ出さずにいるには必死で自制心を働かせなければならないというわけだ。そんなものすら妹の目に入らないようにするため、彼はある日、シーツを背中に担いでソファーの上に運び（この作業には四時間かかった）、自分の姿がすっかり隠れるように調節した。こうすれば、妹がたとえ屈《かが》み込んだとしても見えない。こんなシーツは必要ないと妹が思ったら、取りのけてしまえばいいだけだ。このような完全な自己隔離をグレゴールの側が何も楽しくてやっているわけではないことは、一目瞭然《りょうぜん》なのだから。しかし妹はシーツをそのままにしておいた。それどころか、あるときグレゴールが頭で用心深くシーツを少し持ち上げ、妹がこの新しい仕かけをどう受け取っているか確かめようとすると、感謝のまなざしがちらりと見て取れたような気さえした。

最初の二週間、両親はどうしても彼の部屋に入ってくることができずにいた。なので両親は、これまで、この娘はどうも役立たずだと思って、よく妹に腹を立てていたくせに、妹の今の仕事ぶりを手放しで褒めるのだった。そんな話がしばしば聞こえてきた。ところがその後、父親と母親は二人とも、妹がグレゴールの部屋を片づけているあいだ部屋の前で待つようになり、妹が出てくるとすぐ、部屋の中の様子はどうか、グレゴールが何を食べたか、今回どんなふるまいをしたか、ちょっとは回復の兆しが見られたりしないかを、こと細かに話して聞かせてもらいたがった。ちなみに母親は比較的早いうちから、グレゴールのお見舞いがしたいと言うようになっていたが、父親と妹はもっともらしい理由をあれこれ並べて引き留めた。グレゴールはとても注意深く耳を傾けていた。あれもこれも大賛成だった。しかし、やがて力ずくで引き留めなければならなくなった。母親が「グレゴールに会わせて。かわいそうに。わたしの息子なのよ！　あの子に会う必要があるの。分からないの？」と叫ぶたび、グレゴールは考えた。ひょっとすると、母さんに入ってもらった方がいいんじゃないか。もちろん毎日は無理でも、週に一回とか。やっぱり母さんの方が、妹より万事よくわきまえている。妹は勇気はあるけれど、まだほんの子どもだし、結局、こんな大変な仕事を引き受けてしまったのも、子どもっぽい軽率さのせいかもしれない。

母親に会いたいというグレゴールの願いは、じき実現することになった。グレゴールは、日中は両親の世間体を考えただけでも窓から姿を見せる気は失《う》せたし、かといって数平方メートルしかない床では這い回るのもままならず、おとなしくじっと寝そべっているのは夜のあいだだけでも耐えがたくなってきていたし、食事はじきに少しも楽しみではなくなった。そこで彼は気晴らしのため、壁や天井を縦横無尽に這い回る習慣を身につけた。特に天井からぶら下がるのが好きだった。床の上に寝そべっているのとは大違いで、もっと自由に息がつけるのだ。かすかな波動が全身にゆきわたる。そうやってぶら下がりながら、放心してほとんど幸せな気持ちに浸っていると、自分でも驚いたことに、たまに天井からはがれ落ちて床にべちゃりと着地することがあった。ただし今では、もちろん前とは違って自分の身体を思いどおりにできるようになっていたので、そんなふうに盛大に落っこちてもケガをすることはなかった。妹は、グレゴールが考え出した新しい娯楽にすぐ気づいて

(彼が這い回ると、例のネバネバの跡がそこかしこに残ったからだが)、グレゴールが這い回る場所をなるべく広くするため、障害物になる家具、つまり戸棚と机をどかそうと思い立ったのだ。ただし、一人でするのは無理だ。思い切って父親に手伝いを頼む気にはなれない。メイドも手伝ってくれそうにない。この十六歳くらいの少女は、前の料理女がやめて以来、気丈に踏みとどまってはいたものの、ずっと台所に閉じこもっている許可を特別に願い出て、わざわざ声をかけないと扉を開けることすらしないほどだったからだ。そこで妹は、父親の留守を見計らって母親を連れてくるしかなかった。母親は喜びで声をうわずらせ、のこのこついてきたが、グレゴールの部屋の扉の前で押し黙ってしまった。もちろん妹が先に立ち、部屋の中に異状がないか確かめてから、母親を中に入れた。グレゴールは大急ぎでシーツを深めにかぶり、しわを多めに寄せておいたので、全体として、本当にたまたまソファーにシーツをかぶせてあるだけにしか見えなかった。グレゴールは今回、シーツの下から覗《のぞ》き見るのもやめておいた。今のところは母親に会うのは諦《あきら》め、とにかく来てくれただけでよしとすることにしたのだ。「ほら来て、見えないから」と妹は言って、どうやら母親の手を引いているようだ。それからグレゴールは、か弱い女性が二人で、とにかく重い古戸棚を元の場所から動かしている物音を聞いた。妹が無理しすぎではないかと気を揉《も》んでいる母親が何度注意しても、妹は耳を貸さず、作業の大半を引き受けていた。ひどく時間がかかった。おそらく十五分はもう作業したあとで、母親が言った。やっぱり戸棚はここに置いといた方がいいんじゃないかね。まず重すぎるし、父さんが帰ってくる前に終わらないよ。戸棚が部屋のまんなかにあったら、グレゴールが毎日通る道をふさいでしまう。それに、家具をどかしたらグレゴールが嬉《うれ》しがるとは限らないし。逆じゃないのかね。がらんとした壁を眺めたら、ぐっと胸が締めつけられるよ。グレゴールだって同じように感じるかもしれない。長年慣れ親しんだ家具なんだから。がらんどうの部屋じゃ寂しいと思うよ。「それにね、こうやって」と母親は締めくくりに、ごく小声で言った。ただでさえ、ほとんどささやき声だったのだが。グレゴールがどこにいるか正確には知らないまま、声の響きすら聞かせまいとしているかのようだ。言葉が通じないと思い込んでいるのだ。「こうやって家具をどかしてしまったら、回復する希望をわたしたちがすっかり捨てたと、あの子がどうなろうと知ったことじゃない、勝手にしろと言ってるようなものじゃないかしら？　部屋をそっくり元どおりにしておくのが一番かもしれないと思うのよ。そうすれば、グレゴールが戻ってきてくれたとき、何も変わっていないと思ってもらえる。この間《かん》にあったことを忘れるのも簡単になるでしょ」

母のこの言葉を聞いて、グレゴールは思い知った。人間と直接話すことが一切なくなり、おまけに家庭内に埋没して単調な生活をしていたせいで、この二ヵ月のうちに頭が混乱してきたに違いないと。さもなければ、自分の部屋をがらんどうにしてほしいと本気で思った理由は説明がつかない。先祖伝来の家具で居心地よくしつらえた温かみのある部屋を空洞に変えてもらいたいなどと、本当に思っているのか？　もちろん、空洞にしてもらったら邪魔なものがなくなって全方向に這《は》い回れるようにはなるだろうが、同時に自分が人間だった過去を速やかに、完全に忘れてしまうことになるわけだぞ。今だって現に忘れかけていたぐらいだからな。母さんの声を久しぶりに聞いたおかげで、かろうじて我に返ったというわけだ。何一つどかさせるな。全部そのまま置いておいてもらうのだ。今の状態が快方に向かうきっかけになる家具がなくなったら困る。もし、見境なく這い回るうえで家具が障害物になるなら、それは有害じゃない。大いに有益だ。

残念ながら、妹は別の意見だった。妹は、まあ当然と言えなくもないが、グレゴールの件を話し合うときには、両親に対して自分こそ専門家だという態度を取るのに慣れきっていた。それで今も、母親に口出しされたことは、自分が最初一人で考えていた戸棚と机をどかすだけでなく、すべての家具をどかそうと言い張る十分な理由になった。ないと困ったことになるソファーは例外として。そんな要求を持ち出してきたのは、もちろん子どもっぽい反抗心や、最近になって思いがけず苦労して手に入れた自尊心のせいばかりではなかった。妹は実際、グレゴールが這い回るために広いスペースを必要としていることを観察していたのだ。一方、家具は見たところ少しも役に立っていない。ただし、この年ごろの少女ならではの熱中しやすい気性も与《あずか》ってのことだったかもしれない。ことあるごとに気の済むまでやりたがるこの気性のせいで、グレーテは今、グレゴールの置かれた状況をもっと恐ろしいものにしたいという誘惑に駆られていた。そうすれば、今よりもっと兄のために尽くしてあげられる。がらんとした壁から壁へグレゴールが我がもの顔に這い回っているだけの空間には、グレーテ以外の人間は誰も足を踏み入れる気になれないだろうから。

そんなわけで、妹の決心を母親が覆すことはできなかった。母親は、この部屋にいるとどうにも落ち着かないせいもあって自信を持てないようで、じき黙り込んでしまい、妹が戸棚を運び出すのをできるかぎり手伝ったりしていた。グレゴールにしてみれば、やむをえない場合には戸棚はなくなってもいいが、机は置いておいてもらわなければ困る。そこで、女性たちがハァハァいいながら戸棚にしがみついて部屋から出ていくと、早速グレゴールは頭をソファーの下から出し、様子を窺《うかが》った。用心深く、なるべく事を荒立てないように横槍《よこやり》を入れるには、どうすればいいのか。ところが運の悪いことに、先に戻ってきたのは、よりによって母親だった。グレーテはといえば、隣の部屋で戸棚を抱きかかえ、一人でぐらぐら揺さぶっている。もちろん、そんなことではビクともしないのだが。母親の方はグレゴールを見慣れていないから、この姿を目にしたら病気になりかねない。そこで、恐怖に駆られたグレゴールは大急ぎでソファーの反対側の端まで後ずさりした。けれども、シーツの前の方が少し動くのは、もう防ぎようがなかった。それだけで母親の注意を引くには十分だった。母親は固まり、一瞬のあいだ立ち止まってから、グレーテの方へ戻っていった。

グレゴールは、何も変わったことは起こっていない、ちょっと家具の模様替えをしているだけだと何度も繰り返し自分に言い聞かせていたが、じきに認めざるをえなくなった。こんなふうに女性たちが行ったり来たりして、小さなかけ声をかけ、家具がガリガリ床を擦《す》る音がしていると、まるで四方八方から油を注がれた大騒ぎのような効き目がある。そして彼は、どれだけ頭と肢《あし》をギュッと縮め、腹を床にこすりつけても、全体として、これでは長くはもたないぞと呟《つぶや》かずにはいられなかった。自分の部屋が空っぽにされようとしている。愛着のあるものが全部、取りあげられてしまう。糸ノコギリやその他の工具を入れてあった戸棚は、もう運び出されてしまった。もはや床にぎっちり食い込んでいる机が取り外されようとしている。あの机で商科大学生のころ、中学生のころ、それどころか小学生のころから勉強していたのに。――二人の女性が善意でやっているのか確かめようと思っても、今となっては本当に時間がない。ちなみに彼は、二人の存在を忘れかけていた。へとへとに疲れた二人は、もう押し黙って作業をしていたからだ。聞こえるのは、ドシドシと重たげな足音だけだった。

そこで彼は飛び出したが（女性たちはちょうど隣の部屋で机にもたれかかり、一休みしているところだった）、走りながら四回も方向転換した。まず何を救い出せばいいのか、本当に分からなかったのだ。そのとき彼は、もうあらかたがらんどうになった壁に毛皮ずくめの貴婦人の絵だけが残って目立っているのを見て、急いで這いのぼってゆき、ガラスに身体を押しつけた。ガラスはぴたりと吸いつき、火照《ほて》った腹に気持ちいい。少なくとも、グレゴールが今こうして完全に隠しているこの絵だけは、絶対に誰にも持っていかれないだろう。彼は居間の扉の方へ首をねじ向け、女性たちがいつ戻ってくるか観察しようとした。

二人はのんびり休もうとはせず、早々に戻ってきた。グレーテは片腕で母親を抱きかかえ、ほとんど歩かせてやっている格好だ。「じゃあ、次は何にする？」とグレーテは言って、あたりを見回した。すると、壁にいるグレゴールと、目と目が合う格好になった。おそらく母親が居合わせたからこそ、ぎりぎり取り乱さずに済んだのだろう。妹は下を向いて母親に顔を寄せ、相手が周囲を見回せないようにしてから、ただし震えながら、ろくに考えもせずに「ねえ、ちょっと居間に戻った方がいいんじゃない？」と言った。グレーテのもくろみは、グレゴールにはお見通しだった。母親を避難させてから、彼を壁から追い落とすつもりなのだ。そうか、やれるものならやってみろ！　この絵にとぐろを巻いて、誰にも渡さない。渡すくらいなら、グレーテの顔に跳びかかってやる。

ところが、グレーテの言葉を聞いた母親は、なおさら不穏なものを感じた。一歩脇へ寄り、花柄の壁紙に巨大な茶色のしみができているのを目にして、自分の見たものがグレゴールだと意識する前に、しゃがれ声をけたたましく張りあげて「ああ堪忍《かんにん》、堪忍して！」と叫び、全面降伏といった風情で両腕を広げ、ソファーにばったり倒れかかり、身動きしなくなった。「もう、グレゴール兄さん！」と妹は、拳《こぶし》を握ってふり上げ、にらみながら叫んだ。変身以来、妹が兄に直接かけた最初の言葉だった。妹は、気絶している母親の気つけ薬になりそうな香油を取りに、隣の部屋へ走った。グレゴールも手伝いたかったが（絵を救い出す時間は、まだあるだろう）、ガラスにしっかりこびりついてしまっていたので、力ずくで引き剝《は》がさなければならなかった。それから彼も隣の部屋へ走っていった。まるで、以前と同じように妹に何かアドバイスできるかのように。けれども、妹が色々な小瓶を引っかき回しているあいだ、手持ち無沙汰《ぶさた》に待機していなければならなかった。しかも、ふり返った妹をギョッとさせた。瓶が一本、床に落ちて割れた。破片でグレゴールの顔が傷つき、刺すような臭いの薬液がひたひたと流れ出した。グレーテはぐずぐずするのをやめて、抱えられるだけの小瓶を抱え、そのまま母親のいる部屋へ駆け込むと、扉を足でバタンと閉めた。こうしてグレゴールは、自分のせいで死にかけているかもしれない母親から隔離されてしまった。母親に付き添っていなければならない妹を追い払いたくなければ、扉を開けてはならない。今は待つしかなかった。自責の念と心配で押しつぶされそうになり、彼は這《は》い回りはじめた。壁、家具、天井、いたるところを這った。もう部屋全体がぐるぐる回りだしたころ、ついに絶望して大きなテーブルの真ん中に落っこちた。

しばらく時間が経った。グレゴールはぐったりして、その場に寝そべっていた。あたりは静まりかえっていた。いい兆候かもしれない。そのとき呼び鈴が鳴った。もちろんメイドは台所に閉じこもっているので、グレーテが開けにいかなければならない。父親が帰ってきたのだ。「何があった？」が帰宅後の第一声だった。グレーテの顔を見れば、すべて明らかだったのだろう。グレーテはくぐもった声で返事していた。どうやら、顔を父親の胸に埋《うず》めているらしい。「母さんが気絶したの。でも、もうよくなってきたわ。グレゴール兄さんが飛び出てきちゃって」「こうなると思っとったよ」と父親は言った。「いつも言ってやってただろ。なのに、おまえたち女どもは聞く耳をもたんから」父親がグレーテのあまりにも短すぎる報告を悪く解釈し、グレゴールが何らかの暴力行為を働いたかのように受け取ったのは、グレゴールには明白だった。だから今、グレゴールは父親をなだめる努力をしなければならない。父親に説明する時間はないし、そもそも説明は不可能だから。そんなわけで彼は、自分の部屋の扉のところまで逃げてゆき、扉にへばりついた。こうすれば、父親が玄関ホールから入ってきたら、グレゴールが誠心誠意、すぐ自分の部屋に戻るつもりであることは、即座に分かってもらえるだろう。部屋に追い返す必要などないし、扉を開けてくれさえすれば、即座に姿を消すつもりだと。

　だが父親は、そんな繊細な機微に気づけるような気分ではなかった。「うわっ！」と父親は、入ってくるなり、激怒していると同時に嬉《うれ》しがってもいるような声音《こわね》で叫んだ。グレゴールは頭を扉から離し、父親の方にもたげた。そこに立っている父親の姿は、本当に予想外だった。たしかに最近、新しい這い回り方を編み出したのにかまけて、以前のように他の部屋のできごとに気をつけることを怠っていたから、状況の変化に直面したとしても本来なら取り乱したりする必要はないはずだ。だがしかし。しかしだ。これがあの父さんか？　以前、グレゴールが仕事で出張に出ているあいだ、疲れたと言ってベッドにもぐったまま出てこず、たまに帰宅できた晩にはパジャマ姿で肘《ひじ》かけ椅子に座ったまま出迎え、まともに立ち上がることすらできず、歓迎の印に両腕でバンザイするだけだったし、一年につき二、三回の日曜日や最も重要な祝日に、ごく稀《まれ》にいっしょに散歩に出かけると、両脇のグレゴールと母親がただでさえゆっくり歩いてやっているというのに少しずつ遅れてゆき、古外套《がいとう》にくるまって杖《つえ》の握りにすがって一歩ずつ確かめながら歩き、何か言いたくなるたびにほぼ毎回立ち止まって同行者に集合してもらう体たらくだった男と同一人物なのか？　そのくせ、今の父親はしゃきっと背筋を伸ばしている。金ボタンつきの、ぴっちりした青い制服を着ている。銀行の用務員なんかが着るやつだ。上着のごわごわした高い襟《えり》に分厚い二重あごがかぶさっている。もじゃもじゃの眉《まゆ》毛《げ》の下から覗《のぞ》く黒い目には生気がみなぎり、何も見逃すまいとしている。普段はボサボサだった白髪は七三分けにぴったり撫《な》でつけられ、テカテカ光っている。父親は、どうやら銀行の頭文字らしき金色のマークがついた帽子を部屋の反対側のソファーめがけて放物線を描いて投げ、長い制服の上着のすそを払い、両手をズボンのポケットに突っ込み、苦虫を噛《か》みつぶしたような顔でグレゴールに迫ってきた。何をするつもりなのか、父親は自分でも分かっていなかったのだろう。それでも、尋常ではない高さに左右の足を上げ、そのブーツの靴底が巨大なのにグレゴールは驚いた。だが、驚いたままではいられない。彼が新生活を始めた最初の日以来、こいつにはとにかくめいっぱい厳しく接するのが正しいと父親が思っているのは承知のうえだ。そこで彼は走って父親から逃げ、父親が立ち止まるたびに自分も止まり、父親が少しでも身動きすれば急いで前進した。そうやって部屋を何周かしたが、決定的なことは何も起こらなかった。全体としてペースはゆっくりめだったので、そもそも追いかけっこには見えない。そんなこともあって、グレゴールはさしあたり床の上にいることにした。壁や天井に逃げたら、ことさら嫌がらせでやっていると受け取られるのではないかと怖かったのだ。もっともグレゴールは、こんなふうに走っていても長くはもたないぞと呟《つぶや》かざるをえなかった。なにしろ父親が一歩進むあいだに、こちらは無数の動作をこなさなければならないのだから。もう息切れが目立ちはじめていた。以前だって、自分の肺に全幅の信頼を寄せられるわけではなかったのだが。そうやってよろめきながら進み、走ることに全力集中して目を開けているのもままならず、頭がぼんやりしているので走る以外に助かる道があるとも思えず、ギザギザやトゲトゲだらけの細かい彫刻が施された家具がそこかしこで道をふさいでいるとはいえ、壁に逃げたければ逃げればいいことすら忘れかけていたころ——何かがぽいっと投げられて飛んできて、彼のすぐ横に落ち、目の前に転がった。リンゴだった。すかさず二個目が飛んできた。グレゴールは恐怖のあまり立ち止まった。もう走りつづけても無駄だ。父親は、爆撃を浴びせてやると決心したのだ。食器棚の果物皿からポケットいっぱいに弾を補給した父親は、さしあたりろくに狙いもつけず、リンゴを次々と投げつけてきた。小さな赤いリンゴたちは、まるで電気で動いているかのように床の上を転げまわり、ぶつかり合った。へろへろと投げられたリンゴが一個、グレゴールの背中をかすめたが、ダメージはないまま滑り落ちた。ところが、すかさず飛んできた次の一個は、文字どおりグレゴールの背中にめり込んだ。グレゴールは這いずって進もうとした。あたかも、この不意打ちの信じがたいほどの痛みが、場所を替えれば消えてなくなりうるかのように。だが彼はその場に釘《くぎ》で打ちつけられたように感じ、五感がすべて混乱のきわみに陥るなかで、べったり伸びてしまった。最後にちらりと、自分の部屋の扉が開け放たれ、けたたましい金切り声をあげている妹を母親が早足で追い越してくるのがかろうじて見えた。下着姿だ。気絶している母親の呼吸を楽にするために妹が服を脱がせたからだ。それから母親は父親に駆け寄り、その途中、ほどけたスカートが一枚また一枚と床に滑り落ちた。母親はスカートにつまずきながら父親に肉薄し、抱きついて完全に一体化して（このころにはグレゴールの視力はもう失われていたが）、両手で父親の後頭部を包み、グレゴールの命乞《いのちご》いをした。

Ⅲ

グレゴールが負った重い傷は一ヵ月以上治らず（リンゴは、誰も取り除いてくれないので肉にめりこんだままで、目に見える記念になっていた）、それで父親でさえ、グレゴールが現状では吐き気を催すような悲しい姿になっているとはいえ家族の一員だということを思い出した様子だった。家族である以上、敵《かたき》のように扱ってはならず、ムカムカするのをぐっと呑《の》み込み、我慢する、ひたすら我慢するのが家族の義務が命ずるところなのだ。

そしてグレゴールはどうやら傷のせいで二度と思うように身動きできなくなったらしく、とりあえず部屋を横切るだけでも、年老いた傷痍《しょうい》軍人のように何分もかかり、一分一分がやたらと長い（高いところに這《は》い上がるなど思いも寄らない）のだが、それでも、この状況悪化と引き換えに、彼の考えでは埋め合わせとして十分なものを手にした。いつも夕方になると居間の扉を開けてもらえるようになったのだ。彼は一時間か二時間前からもう目を皿のようにして見張っているのが常だった。扉が開くと、彼は自分の部屋の暗がりで腹ばいになり、居間からは姿を見られることなく、明るく照らされたテーブルに家族全員が集《つど》っているのを見たり、家族の話を、ある程度みんなの許可を得て、つまり以前とは全然違うやり方で聞いたりしてもいいのだ。

　もちろん、昔のように話が弾んでいたわけではない。かつてグレゴールは、へとへとに疲れてホテルの狭い部屋で湿っぽい布団に身を投げ出すはめになるたびに、あのころのことを憧《あこが》れに似た気持ちで思い出していたものだ。今ではたいてい、終始ごく静かなままだ。父親は夕食後まもなく、椅子に座ったまま眠り込み、母親と娘は顔を見合わせてシーッと言う。母親は明かりの下に身を乗り出して、おしゃれな服飾店に納品する高級下着を縫《ぬ》っていた。店員の勤め口を見つけた妹は、晩には速記とフランス語を学習していた。おそらく後日、もっといい職を手に入れるためだろう。ときどき父親が目を覚まし、自分が眠っていたことなど知らぬ顔で、「今日もまた長いこと縫い物をやっとるんだな！」と言い、すぐまた眠り込む。母親と妹が顔を見合わせ、疲れた笑みを浮かべるのを尻目《しりめ》に。

　何やら意固地《いこじ》になり、父親は自宅でも用務員の制服を脱ぐのを拒んだ。パジャマは空《むな》しく衣服掛けに引っかけられたままで、父親は一分《いちぶ》の隙もなく服を着こんで自分の席でうたた寝をするのだった。いつでも勤務態勢に入る準備は万端、ここにいても上司の声がかかるのを待っているといった風情だ。その結果、そもそも最初から新品ではなかった制服は、母親と妹がどれだけ気をつけていても、汚れてきた。そこでグレゴールは、よく宵の口から夜更けまでずっと、このしみだらけのくせに金ボタンだけはたえず磨かれてピカピカの制服を眺めて過ごした。これを着た寝心地は最悪のはずだが、老人はすやすやと眠っていた。

　時計が十時を打つと、母親はすかさず小声で父親に話しかけて起こそうとし、寝に行くよう説得しようとする。ここではちゃんと眠れるはずがないし、父親は六時には勤務につかなければならないので、ぜひともちゃんと眠る必要があったからだ。けれども、勤めはじめてからというもの、にわかに意固地になっていた父親は、決まって眠り込んでしまうくせに、テーブルから離れないといつも言い張るのだ。それだけでは済まない。こうなると、椅子をベッドと取り替える気にさせるのに散々苦労する。そんなとき、母親と妹がしつこく小さな警告を重ねても、父親は十五分間のろのろと首を振りつづけ、目をつぶったまま、立ち上がろうとしない。母親が袖《そで》を引き、おだて文句を耳打ちしてやり、妹も勉強の手を止めて母親に加勢するが、父親には効き目がない。どんどん深く椅子に沈み込むばかりだ。女たちが脇の下に手を入れてくる段になってはじめて目を開け、母親と妹を代わる代わる見つめ、「これもまた人生。のんびり老後を過ごしとるってわけだ」と言うのが常だった。そして両側から女たちに支えられながら、自分にとって自分が最大の重荷だと言わんばかりの様子で大儀そうに立ち上がり、扉のところまで女たちに連れていってもらい、そこで放してくれと合図して、そこから先は自分の足で立って歩いていく。一方、母親は縫い物を、妹はペンを大急ぎで投げ出して父親の後を追い、引き続き手助けしようとするのだった。

　これだけ過労で疲れ果てた家族の中で、どうしても必要なこと以上にグレゴールの面倒をみる余裕のある者がいるだろうか？　家計はどんどん切り詰められていった。メイドは結局クビにした。骨ばった大柄な派遣家政婦が、頭の周りに白髪をはためかせながら朝晩やって来て、一番骨の折れる家事を片づけていく。それ以外は全部、母親が大量の針仕事のあいまにするのだった。それどころか、以前、母親と妹が遊びに行くときや冠婚葬祭の際に大喜びで身に着けていた家宝のアクセサリー類が色々売却されるという事態になった。グレゴールがそうと知ったのは、晩に、どのくらいの値段で売れるか、みんなで相談しているのを小耳に挟んだからだ。それはそうと、いつも不幸自慢が一番盛り上がる話題は、どうすればグレゴールを引っ越しさせられるか妙案が浮かばないせいで、この現状からして広すぎるアパートの物件を引き払えない件だった。ただしグレゴールは、引っ越しの障害になっているのが自分に対する気がねばかりではないことを目ざとく見抜いていた。だって、いくつか空気穴を開けた適当な大きさの木箱に入れて運ぶのは簡単なはずだ。そんなことより、家族が宿替えできないでいるのは、もっぱら、完全に絶望しているからだ。親戚《しんせき》や知人みんなのうちで誰一人として味わったことのない不幸に自分たちは打ちのめされていると思ってしまうからだ。世間から貧乏人と呼ばれるに足る条件を、この一家はとことん満たしていた。父親はしがない銀行員どもの朝食を取りに走り、母親は他人の下着に身を捧《ささ》げ、妹は客に命じられるがまま、カウンターの奥で右往左往しているわけだが、この一家の力ではこれ以上は無理だ。そしてグレゴールの背中の傷は、できたばかりのように痛みだす。母親と妹が父親を寝かせたあとで戻ってきて、仕事には手をつけずに身を寄せ合い、ほとんど頬と頬を寄せんばかりにして座っているときや、それから母親がグレゴールの部屋を指さし、「扉を閉めておくれ、グレーテ」と言うときや、グレゴールがまた暗闇の中に取り残され、そのあいだにも隣室で女たちが涙と涙を混ぜ合わせていたり、あるいは涙すら出ないままテーブルに目を据えていたりするときに。

　夜も昼も、グレゴールはほぼ一睡もせずに過ごした。ときどき思うことはあった。次に扉が開いたら、以前とまったく同じように、家族の懸案事項の数々を一手に引き受けてやるんだと。久しぶりに社長や業務代理人のことが思い浮かんだ。店員たちや見習いたち、ひどく頭の悪い雑用係、二人か三人いる別の会社の友達、地方のホテルで客室係をしていた女の子。懐かしい淡い思い出。とある帽子店のレジ係の彼女。結婚してくれと本気で言ったけど、言うのが遅すぎた。――そんな人たちのことが見知らぬ人々や忘れてしまった人々と混ぜこぜになって思い浮かんだが、彼や家族の助けになってくれる代わりに、どいつもこいつも手の届かないところを漂っているだけだから、消え失《う》せるとせいせいした。かと思うと、家族の心配をする気になど到底なれないこともあった。ただひたすら、扱いが悪いことへの怒りで満たされる。食欲が湧くものなど何も思いあたらないのに、どうすれば食料貯蔵庫に入り込めるか計画を練った。あそこに行って、たとえ腹は空《す》いていないにせよ、とにかく身体が受けつけるものにありつくのだ。今では妹は、何をあげたらグレゴールを特に喜ばせられるかを考えたりもせず、朝と昼に店へ駆けてゆく前に大急ぎで、ありあわせの食べ物をグレゴールの部屋に足で押し込む。夕方には、その食べ物がせめて味見くらいはしてあるか、それとも（一番よくあることだが）一切口をつけていないかには頓着《とんちゃく》せず、ホウキの一振りで外に掃き出す。妹が部屋の掃除をしてくれるのは今では必ず晩になってからだったが、これ以上ない速さだった。壁際では汚れが帯状になり、そこかしこでホコリや汚物が玉になって転がっていた。当初グレゴールは、妹が入ってくるたびに、特に汚れが目立つ一角に陣取り、自分がいる位置でもって妹への非難めいたものを伝えようとした。だが、そこに何週間居座ってみたところで、妹が態度を改めることはなさそうだ。妹にだって彼とまったく同様、汚れは見えていたのだから。ただ、汚れたままにしておくと心に決めているだけのこと。しかも妹は、グレゴールの部屋の掃除は自分の専売特許だという点を守らせるべく、全然らしくないことだが、ピリピリしながら目を光らせていた。そもそも家族全員がこのピリピリした空気に包まれていたのだが。あるとき母親がグレゴールの部屋の大掃除をしたことがあった。やり終えるまでに、バケツ何杯かの水を使わなければならなかった（もっとも、水浸しになったのにはグレゴールも気分を害し、ソファーに上がって苦々しい思いで身動きもせず、ぺったり腹ばいになっていた）。しかしながら、母親は罰を受けずには済まなかった。夕方、グレゴールの部屋の変化に気づくと、妹はすぐさま、こんなひどい侮辱はないとばかりに居間に駆け込み、母親が後生だからと両手を挙げているのにも構わず、身を震わせてワッと泣きだした。そこで両親は（椅子で眠っていた父親は、もちろんビクッとして起き直っていた）、最初はびっくりして途方に暮れて傍観していたが、やがて自分たちも気が立ってきた。父親は右を向いては、グレゴールの部屋の清掃を妹に任せておかなかったことで母親を責め立て、逆に左を向いては、二度とグレゴールの部屋を掃除することはまかりならんと妹をどなりつけた。一方、母親は、もはや興奮で我を忘れている父親を何とかして寝室に引きずっていこうとしていた。妹は泣きじゃくりながら、小さな左右の拳《こぶし》でテーブルを乱打していた。そしてグレゴールは、こんな光景や騒音を彼に見聞きさせないために扉を閉めることに誰も思い至らないのに怒り狂い、大きな音でシーッ、シーッと言った。

ともあれ、妹が勤め先の仕事で疲れ切って、以前と同じようにグレゴールの世話をするのにはもううんざりしたとしても、母親がその代わりをする必要は全然なかったし、グレゴールが世話されなくなるわけでもなかった。今では派遣家政婦がいたからだ。この年老いた未亡人は、長い人生のあいだ、頑丈な骨格のおかげで最悪の状況でも生き抜いてきたという面《おも》持ちで、グレゴールのことも、はなから気持ち悪がったりはしなかった。何かしら好奇心に駆られたわけでもなく、あるときたまたまグレゴールの部屋の扉を開き、グレゴールの姿を目にしたことがあった。見られた方は心底驚き、誰に追いかけられているわけでもないのに右往左往しはじめたが、彼女は両手を腹の下で組み、ぽかんと眺めながら突っ立っていた。そのとき以来、機会さえあれば朝も晩も、扉を薄く開けて中のグレゴールを覗《のぞ》くようになった。最初のうちは、自分の方へ呼び寄せようとした。「こっちへおいで、クソ虫ちゃん！」だとか、「ほらほら、クソ虫ちゃんだ！」などという、どうやら親しみを込めているつもりらしい言葉で。そんなふうに話しかけられても、グレゴールは一切返事せず、まるで扉が開いてすらいないかのように、その場で身動きしなかった。この派遣家政婦に、気分次第で無駄に邪魔してくるのを許してやる代わりに、この部屋を毎日掃除しろと言いつけてやればいいのに！　あるとき早朝に（もう春が近づいている印なのか、激しい雨が窓ガラスを叩《たた》いていた）、派遣家政婦がいつものしゃべり方をまた始めたとき、グレゴールはひどくむかっ腹が立ったので、のろのろ、よぼよぼとではあるものの、向き直り、攻撃するかのようなそぶりを見せた。しかし派遣家政婦は怖がるどころか、扉の近くにあった椅子を高々と持ち上げただけだった。口を大きく開けて立ちはだかっている様子を見るにつけ、手にした椅子をグレゴールの背中に振り下ろすまでは口を閉じないつもりなのは明らかだ。「ほう、もう終わりかい？」と彼女は、グレゴールがまた向きを換えると尋ね、落ち着き払って椅子を部屋の隅に戻した。

　グレゴールは今ではほとんど何も食べなかった。たまたま差し入れの食べ物のそばを通りかかったとき、遊びで一口分だけ口に入れてみることはあるが、何時間も口に入れっぱなしにしたあげく、たいていまた吐き出してしまう。最初のうち、食べられないのは部屋の状態が嘆かわしいからだと彼は思っていた。しかし、他ならぬ部屋の変化には、じき慣れた。よそに置き場所がなくなったものをこの部屋に入れておく習慣ができてしまい、そんな品々が今ではずいぶん増えていた。アパートの一部屋を三人の間借り人に貸したからだ。この三人の生《き》真面目な紳士たちは（あるときグレゴールが扉の開いた隙間から確認したところ、三人ともヒゲ面だった）、几帳面《きちょうめん》で整理整頓《せいとん》にうるさかった。自分たちの部屋だけでなく、ひとたびここに間借りした以上は所帯全体を、特に台所を整理整頓しなければ気が済まなかった。使えないガラクタは、ましてや汚いガラクタは耐えられなかった。しかも、家具調度はあらかた自前のものを持参していた。こんな理由で、余りものが大量に出たのだ。売るのは無理だけれども、捨てるにも忍びない品々が。そんなものが全部、グレゴールの部屋に流入してきたのだ。台所から灰受け箱やゴミ箱がやって来たのも同じ理由だ。とにかく今すぐにはいらないものがあれば、いつも大忙しの派遣家政婦は難しいことは考えず、グレゴールの部屋に放り込むのだった。幸いなことに、グレゴールにはたいてい、品物自体とそれをつかんでいる手しか見えなかった。もしかすると派遣家政婦は、折を見てそんな品々をまた取り出すつもりだったのか、それとも全部まとめて一度に捨ててしまうつもりだったのかもしれない。しかし実際には、品々は最初に投げ込まれた場所にそのまま置きっぱなしになっていた。ただし、グレゴールがこうした粗大ゴミのあいだをすり抜けるべく、くねくねと蛇行しているときに動かしてしまう場合は話が別だ。最初のうちは不可抗力だった。這《は》い回ろうにも、他に空いている場所がないからだ。しかし後には、だんだん楽しくなってきた。そんな散歩をしたあとでは、死ぬほど疲れて悲しくなり、何時間もじっと身動きせずにいるのだった。

　間借り人たちはときどき夕食も帰宅後に共用の居間で食べたので、居間の扉が閉ざされている晩は少なくなかった。けれどもグレゴールにとって、扉を開けてもらうのを諦《あきら》めるのは、ごく簡単なことだった。なにしろ従来、扉が開いているのに有効利用できなかった晩は少なくなかったからだ。家族には気づかれないまま、部屋の一番暗い隅っこで倒れていたのだ。ところが、あるとき派遣家政婦が居間への扉を少し開けたままにして帰ったことがあった。間借り人たちが晩に入ってきて明かりが灯《とも》されたときも、やはり開いたままだった。間借り人たちはテーブルの上座に座った。かつては父親と母親とグレゴールが食事していた席に。ナプキンを広げ、ナイフとフォークを手に取った。すぐさま戸口に母親が、肉をよそった深皿を持って登場した。すぐあとから妹が、ジャガイモを山盛りにした深皿を持ってくる。料理はもうもうと湯気を立てていた。間借り人たちは目の前に置かれた深皿の方へ屈《かが》み込んだ。まるで、食べる前に検分しているかのようだ。そして実際、真ん中に座った、他の二人に一目置かれているらしい男が、まだ深皿から取り分けられてもいない肉を一切れ切った。どうやら、十分に柔らかいかどうか、台所に突き返したりしなくていいか確認するためらしい。男は満足し、はらはらしながら見守っていた母親と妹はホッとして笑みを見せはじめた。

　家族たち自身は台所で食事をした。ただし父親は、台所に行く前にこちらの部屋に入ってきて、制服の帽子を手に一度だけおじぎをしてから、テーブルの周りをぐるりと回った。間借り人たちはみんな立ち上がり、何やらヒゲの中にもごもご言った。それから三人きりになると、ほぼ完全に押し黙ったまま食事をした。食事中はありとあらゆる物音がするのに、三人が歯で噛《か》む音がやたらと何度も耳につくので、グレゴールは妙な気がした。まるで、ものを食べるためには歯が必要なのだとグレゴールに思い知らせているかのようだ。どれだけ立派な顎《あご》でも歯がなければ何の役にも立たないのだと。「おれだって食欲はあるさ」とグレゴールは心配になって呟《つぶや》いた。「ただ、あんなものは食べたくないだけだ。あの間借り人どもが餌《エサ》を食う様子ときたら。おかげで、こちらは萎《な》えてしまう！」

ちょうどその晩（グレゴールはこの間《かん》ずっと、ヴァイオリンの音を聞いた覚えはなかったのだが）、台所から楽《がく》の音《ね》が響いてきた。間借り人たちはもう夕食を終えており、真ん中の男が新聞を引っぱり出し、あとの二人に一枚ずつ配り、みんなでふんぞり返って読みながらタバコを喫《す》っていた。ヴァイオリンを弾く音がしはじめると、三人は聞き耳を立て、立ち上がり、つま先立って玄関ホールの扉のところへ行き、そこでひしめき合って立ち止まった。その音が台所にいても聞こえたに違いない。父親が「みなさま、もしやお耳障《ざわ》りでは？　すぐにやめさせても構いませんが」と叫んだからだ。「逆ですよ」と真ん中の紳士が言った。「お嬢さんにこちらにお越しいただいて、この部屋の中で弾いていただいたらいかがでしょう？　ほら、こちらの方がずっと快適で、居心地がいいですし」「まあ、恐縮です」と父親は叫んだ。まるで自分がヴァイオリンを弾いていたかのように。紳士たちは部屋の中へ戻り、待機した。ほどなく父親が譜面台を、母親が楽譜を、妹がヴァイオリンを持ってやって来た。妹は落ち着いて演奏の準備を抜かりなく整えた。両親は、これまで部屋の又貸しをしたことがなかったので、間借り人に対して腰が低すぎ、自分の椅子に座るのも遠慮していた。父親は扉に寄りかかり、きっちり着込んだ制服のボタン二つのあいだに右手を差し入れていた。対する母親は、紳士の一人に椅子を勧められたが、その紳士がたまたま置いた場所から椅子を動かすのを憚《はばか》り、部屋の隅の離れたところに座っていた。

妹は演奏しはじめた。父親と母親はそれぞれの自分のいる側から、妹の両手の動きをじっと見守っていた。グレゴールは演奏に引き寄せられ、大胆にも少し身を乗り出し、もう頭が居間の中に入っていた。自分が最近あまり他の人たちのことを思いやらなくなったのは、さほど不思議ではない。以前は、そんな思いやりを持っているのが誇りだったのに。それにしても今こそ、身を隠した方がいい理由が多めではあった。彼の部屋はホコリだらけで、ほんの少しでも動くと舞い上がるので、彼も全身ホコリまみれだったからだ。糸くずや髪の毛や食べかすが背中にも脇腹にもこびりつき、どこへ行くにも引きずって回るはめになっていた。あらゆることに無関心になり、以前は日中何度もやっていたように、仰向《あおむ》けになってじゅうたんに身体をこすりつけて磨く気にすらなれなかった。そんな状態だったのに、汚れ一つない居間の床の上に臆面《おくめん》もなく、少しばかり進み出てしまっていたのだ。

もっとも、彼に気づく者は誰もいなかった。家族はヴァイオリンの演奏に夢中でそれどころではなかった。逆に間借り人たちは、最初のうちこそズボンのポケットに両手を突っ込み、楽譜を見られるように妹の譜面台のすぐ後ろに並び、近すぎて妹の邪魔になっていたに違いなかったが、ほどなく低い声でぼそぼそしゃべりながら、顔を伏せて窓際に戻ってゆき、心配顔の父親が見守るなか、その場から動かなくなった。ヴァイオリンの美しい演奏、または愉快な演奏が聴けるものと思っていたのに期待外れでがっかりして、このリサイタルにはもう飽き飽きだが、どうやらただ礼儀上、うるさいのを大目に見てやっているらしいことは、実際問題として火を見るより明らかだった。特に、三人が三人ともタバコの煙を鼻や口から高々と吹き上げているやり方からは、ひどく神経質になっている様子が窺《うかが》える。おかしい。妹はこんなに上手に演奏しているのに。妹は小首をかしげ、悲しげな目で調べるように音譜をたどっている。グレゴールはまたほんの少し這い進み、床すれすれに頭を下げた。もしかすると妹と目が合うのではないかと思って。こんなにも音楽に感動しているのに、それでも動物なのか？　まるで、ずっと欲しかった未知の餌への道が開かれたかのようだった。妹のところまで進み出て、スカートのすそを引っぱり、いいからヴァイオリンを持って兄さんの部屋においでと伝えてやりたかった。

だってここには、兄さんほど演奏を聴かせがいのある相手は誰もいないんだから。もう自分の部屋から妹を出したくない。少なくとも、自分が生きているうちは。こんな恐ろしい姿になったことが、初めて役に立つはずだ。自分の部屋のすべての扉のところで同時に待ち構え、攻撃してくるやつをうなり声で撃退してやる。いや、妹に無理強いするのはよくない。自分からいっしょにいてくれるのでないと。隣同士で並んでソファーに座り、耳をこちらに傾けていてほしい。そうして、音楽学校に行かせてやると固く心に決めていたと打ち明けてやりたい。こんな不幸に割り込まれなければ、そのことを前のクリスマスにでも（というか、クリスマスはもう過ぎたんだよな？）、みんなに言っていたはずなのだと。誰かが反対しても構わずに。そう説明してやったら、妹は感激の涙を流すだろう。そしたらグレゴールは、妹の肩のあたりまで伸び上がり、首にキスしてやるのだ。妹が店に行きはじめてから、リボンも襟もつけないので、剝《む》き出しになっているあたりに。

「ザムザさん！」と真ん中の紳士が父親に向かって叫び、それ以上は一言もしゃべらずに、ひとさし指で、のろのろと前進してくるグレゴールを指さした。ヴァイオリンの音はやみ、真ん中の間借り人はまずは首を振りながら仲間に笑いかけ、それからまたグレゴールの方を見やった。父親は、グレゴールを追い払う代わりに、まず間借り人たちを落ち着かせることの方が優先順位が高いと思ったらしい。間借り人たちは別に興奮してはいなかったし、ヴァイオリンの演奏よりグレゴールの方を面白がっている様子だったのだが。父親は三人のところへ急ぎ、両腕を広げ、自室へ押し戻そうとした。同時に、自分の身体で視線を遮《さえぎ》り、グレゴールが見えないようにした。今では三人は実際に少し怒りだしていた。父親のふるまいのせいか、それとも、知らないうちにグレゴールのような同居人ができていたことを今ようやく悟ったせいなのかは、もはや分からない。三人は父親に説明を求め、自分たちも腕を振り上げ、落ち着かなげにヒゲを引っぱり、あくまでじりじりと自分たちの部屋の方へ退却していった。そうこうするうちに妹は、演奏を突然中断させられたあとで陥っていた茫然《ぼうぜん》自失の状態から立ち直っており、しばらくのあいだ、だらりと垂らした両手にヴァイオリンと弓を持ち、まるでまだ演奏を続けているかのように楽譜を見ていたが、いきなりさっと身をひるがえし、いまだに例の椅子に座ったまま呼吸困難に陥って肺をぜいぜいいわせている母親の膝《ひざ》に楽器を置き、隣の部屋に駆け込んだ。すでに間借り人たちは父親に押し込まれ、そちらにじりじりと近づいている。妹が慣れた手さばきでベッドの掛け布団と枕を空中に舞い上がらせ、次々と整えてゆくのが見えた。紳士たちが部屋に到達する前に、妹はベッドメイクを終え、するりと抜け出した。父親は意固地になるところがまた出てしまい、間借り人に敬意を払わなければならないのをすっかり忘れていた。ひたすら押して押して押しまくったが、ついに部屋の戸口で真ん中の紳士がドシンと足を踏み鳴らしたので、父親は立ち止まった。「ここに宣言いたします」と紳士は言い、片手を挙げ、母親と妹の姿も目で探した。「このアパートとご家族の中で蔓延《まんえん》している唾棄《だき》すべき状況に鑑《かんが》み（ここで紳士はペッと床に唾《つば》を吐いた）、私の部屋を即刻解約いたします。もちろん、ここに住んでいた日数分のお支払いは、びた一文いたしません。逆に、何かしら理由づけするのはごく簡単ですから、（脅しではございませんぞ）お宅に損害賠償を請求することを検討いたします」紳士は黙り、何かを待ち受けるかのように虚空を見つめた。実際、仲間の二人がすぐさま「我々も即刻解約いたします」と言葉を挟んだ。これに続けて紳士はドアノブをつかみ、バタンと音を立てて扉を閉めた。

父親は手探りで自分の椅子までよろよろ歩いてゆき、どさりと腰を下ろした。伸びをして、普段どおり晩の仮眠を取ろうとするかに見えたが、頭のたがが外れたかのように激しくコクコク頷《うなず》いているのを見ると、まったく眠ってはいないのが分かる。グレゴールはその間ずっと、間借り人たちに目撃された地点で静かにじっと倒れていた。自分の計画が失敗してがっかりしたのもあるが、数多くの断食の結果として衰弱していたせいで身動きできなかったのかもしれない。次の瞬間にもみんなの雷が落ちるのではないかと、何となく確信のようなものがあり、身構えていた。母親の震える指からこぼれたヴァイオリンが、膝から落ち、ひとりでに鳴り響いたときでさえ、ビクッとすることはなかった。

「ねぇお父さんお母さん」と妹は言い、話を始める合図に手でテーブルを叩《たた》いた。「このままでは無理よ。もしかして分かってもらえてないのかもしれないけど、わたしは分かってるの。この怪物の前で兄さんの名前を口に出したくない。だから、これだけ言うね。あれを厄介払いしないとダメよ。わたしたち、人間にできることは全部やった。あれの世話をして、我慢してやってきた。誰からも、これっぽっちも責められるいわれはないわ」

「かえすがえすも、この子の言うとおりだ」と父親は呟《つぶや》いた。あいかわらず息が整わない母親は、片手を口に当て、目に狂気じみた色を浮かべて、こもった音で咳《せき》をしはじめた。

妹は急いで母親のところへ行き、額に手を添えてやった。父親はどうやら妹の言葉で考えがまとまってきたらしく、まっすぐ座り直し、間借り人たちの夕食のあとでテーブルの上に置きっぱなしになっている皿と皿のあいだで制帽を弄《もてあそ》びながら、ときたま、静かにしているグレゴールの方を見やった。

「あれを厄介払いしないとダメよ」と妹は、今度はもっぱら父親にだけ言った。母親は咳《せ》き込んでおり、聞くどころではなかったからだ。「そのうち二人とも、あれに殺されてしまうわよ。目に見えるわ。わたしたち三人のようにあくせく働いて、そのうえ家でこんなにひっきりなしに苦しめられていたら、耐えられないわ。わたしだってもう耐えられない」そして妹は激しく泣きだしたので、涙が母親の顔に流れ落ち、母親は機械的な手の動きでその涙を拭《ぬぐ》った。

「よしよし」と父親は身につまされ、よく分かるよと頷《うなず》きながら言った。「だが、わしらはどうすればいい？」

妹は、分からないという印に肩をすくめただけだった。泣いているうちに、先ほどの思い切りのよさとは裏腹に、どうすればいいか分からなくなってしまったのだ。

「こちらの言うことが通じればなあ」と父親は、半ば質問のように言った。妹は泣きながら、そんなことは思いも寄らないと激しく手を振ってみせた。

「こちらの言うことが通じればなあ」と父親は繰り返し、目を閉じて、そんなことは不可能だという妹の確信を呑《の》み下した。「それなら、もしかするとあいつと折り合えたかもしれん。だが、このままでは――」

「あれにいなくなってもらわないと」と妹は叫んだ。「それ以外にどうしようもないわ、お父さん。とにかく、あれがグレゴール兄さんだっていう考えを捨てればいいのよ。こんなに長いあいだそう思ってたのが、わたしたちの不幸の元よ。だいたい、あれがグレゴール兄さんなわけある？　もしあれがグレゴール兄さんだったら、もうとっくに、人間があんな動物と共同生活するのは不可能だと悟って、自分からいなくなってるわ。そしたら兄さんはいなくなるけど、わたしたちは生きのびられるし、兄さんの思い出も汚《けが》されずに済んだはずよ。でも、このままじゃ、あの動物はわたしたちをいじめるばかり。間借り人たちを追い払い、アパート全体を独り占めして、わたしたちに路上生活させる気よ。ほら見て、お父さん」と妹は突然、叫び声をあげた。「あいつ、また動きだした！」そして、グレゴールにはまったく理解できない恐怖に囚《とら》われ、妹はなんと母親を見捨てた。グレゴールの近くにいるよりは母親を犠牲にした方がましだと言わんばかりに、母親が座っている椅子を文字どおり突き放し、急いで父親の背後に隠れたのだ。父親はもっぱら妹のふるまいに引きずられて興奮し、妹を守るつもりか、かばうように両腕を中途半端に持ち上げた。

けれどもグレゴールには、誰かを、まして妹を不安がらせるつもりなど毛頭なかった。ただ単に自分の部屋に戻ってゆくために向きを換えはじめただけだが、しかし体調不良のせいで方向転換もままならず、頭で勢いをつける必要があり、その際、何度も頭をもたげては床に打ちつけたので、目立ってしまったのだ。彼は中断し、ふり返った。どうやら善意でやっているのは納得してもらえたようだ。恐がったのは一瞬だけだったのだ。みんな黙って、悲しげにこちらを見つめていた。母親は、両脚をぴったり揃えて伸ばして椅子の上で倒れたまま、疲労困憊《こんぱい》したせいで目がふさがりかけている。父親と妹は並んで座り、妹が片手で父親の首を抱いていた。

「それじゃあ、そろそろ向きを換えさせていただこうか」とグレゴールは思い、自分の仕事を再開した。力んだあまりハァハァいうのは抑えようとしても無理で、ときどき休んで一息入れなければならなかった。それはそうと、誰からもせっつかれることはなく、何をするにも好きなようにやらせてもらえた。方向転換が完了すると、彼はすぐさま最短距離で戻りはじめた。自分と自分の部屋を隔てる長い距離にびっくりした。これほど衰弱しているのに、つい先ほど、ほとんど知らず知らずのうちに同じ道のりを踏破できたのはなぜか、まったく腑《ふ》に落ちなかった。とにかく速く這《は》いずることばかりを始終念頭に置いていたので、家族が言葉や叫び声で邪魔してこないことにはろくに気を留めなかった。もう扉に差しかかってから、ようやく顔を向けてみた。完全にではない。首がこわばっているのを感じたからだが、それでもかろうじて、背後で何も変わっていないのは見て取れた。ただし妹は立ち上がっていた。最後に母親の姿がちらりと目に入った。もう完全に眠り込んでいた。

自分の部屋の中に入ると、間髪を容《い》れずに扉が大急ぎで閉められ、掛け金がかかり、鍵《かぎ》がかかった。背後の突然の物音にグレゴールはギョッとして、思わず肢《あし》がガクガクした。急いでやって来た妹だった。あらかじめ立ち上がって待ち構えており、それからすばしこく跳びかかってきたのだ。グレゴールには、近づいてくる足音がまったく聞こえなかった。そして一言、「やれやれだわ！」と妹は両親に向かって叫んだ。鍵穴の鍵を回しながら。

「で、どうする？」とグレゴールは自問し、暗闇の中であたりを見回した。じきに、自分がもう身動きできなくなっていることを発見した。不思議ではなく、むしろ、今まで実際にこのかぼそい肢で前に進めていたことの方が不自然な気がした。それはそうと、比較的いい気分だった。全身が痛くはあったが、痛みが次第に弱まり、しまいには完全に消え去るような気がした。背中にめり込んだ腐ったリンゴとその周囲の炎症は、綿ボコリですっかり覆われ、もうほとんど感じられなくなっていた。家族のことを思い返すと心が動き、愛情が湧いてくる。自分は消えなければならないという点については、ひょっとすると彼の方が妹よりも迷いのない意見を持っていた。そんなふうに無内容で平和なことを思いめぐらせているうちに、やがて塔の時計が朝の三時を打った。窓の外があたり一面、白んでくるのを、彼はかろうじて見届けた。それから彼の頭はガクリとひとりでに垂れ下がり、鼻の穴から最後の息が弱々しく流れ出た。

朝早く派遣家政婦がやって来て（やめてくれと何度頼んでも、彼女は扉という扉を力任せに急いで閉めるので、アパートのどこにいても彼女が来たら最後、おちおち寝ていられなくなる）、いつもどおり短く立ち寄っていったが、最初のうちはグレゴールの様子に何も変わったところは見出《みいだ》せなかった。わざと身動きせずに倒れたままで、いじけたふりをしてやがるんだなというくらいに思っていた。こいつは色々と考える頭があると彼女は信じていたのだ。たまたま長いホウキを手にしていたので、それを使って扉のところからグレゴールをくすぐろうとした。これも手応《てごた》えがなかったので、彼女は腹を立て、グレゴールを少しばかりドンと突いた。すると、何の抵抗もなく元いた場所からずるりと押しのけてしまったので、ようやく、これはただごとではないと勘づいた。ほどなく真相を知ると、彼女は目を丸くし、何となく口笛を吹いたが、ぐずぐずせずに寝室の扉を開け放ち、大声で暗闇めがけて叫んだ。「ちょっと見てください、くたばりましたよ。そこに倒れてます。すっかりくたばってやがる！」

　ザムザ夫妻はダブルベッドの上で起き直り、この知らせを受け止める前に、まずは派遣家政婦に対する恐怖を乗り越えなければならなかった。それからザムザ氏とザムザ夫人は、別々の側から大急ぎでベッドを下りた。ザムザ氏は掛け布団を羽織り、ザムザ夫人はパジャマ姿のまま出てきて、そんな格好でグレゴールの部屋に足を踏み入れた。そうこうするうちに居間の扉も開いた。間借り人が入居して以来、グレーテはそこで寝ていたのだ。そもそも寝ていなかったのか、ちゃんと服を着ている。青白い顔が、一睡もしていない証拠のように見えた。「死んだの？」とザムザ夫人は言い、物問いたげに派遣家政婦を見上げた。全部自分で調べられたはずだし、調べなくても分かりそうなものだったが。「そう思ってお呼びしたんですがね」と派遣家政婦は言い、証拠を見せようと、グレゴールの死骸《しがい》をホウキでもう一度、ぐいっと横に動かした。ザムザ夫人はホウキを押さえようとするそぶりを見せたが、実際に押さえはしなかった。「さあ」とザムザ氏は言った。「これで、神さまにお礼申し上げられるってものだ」十字を切り、三人の女もそのお手本に倣《なら》った。グレーテは死骸から目を離さずに言った。「ほら見て、あんなに痩《や》せて。ずいぶん長いあいだ、何も食べてなかったんだもの。食べ物を差し入れても、そっくりそのまま戻ってきてたわ」実際、グレゴールの身体はすっかり平べったくなり、干からびていた。もう肢で胴体が持ち上げられてはおらず、あと正視できない理由が何もなくなった今になって、はじめて一目瞭然《りょうぜん》になったことだ。

「いらっしゃい、グレーテ。少しだけこっちの部屋へ」とザムザ夫人は憂《うれ》わしげな微笑を浮かべて言った。グレーテは、死骸に後ろ髪を引かれる様子がなくもなかったが、両親のあとに続いて寝室に入っていった。派遣家政婦は扉を閉め、窓をすっかり開け放った。まだ早朝なのに、すがすがしい外の空気には、もう何かぬるいものが混じっている。いつしか三月の終わりになっていたのだ。

三人の間借り人が自分たちの部屋から出てきて、びっくりした様子で、朝食はどこだと周囲をきょろきょろ見回していた。忘れられてしまったのだ。「朝食はどこかね？」と真ん中の紳士が不機嫌そうに派遣家政婦に尋ねた。しかし相手は口に一本指を当て、それから慌ただしく、黙ったまま、グレゴールの部屋に行けと紳士たちに合図した。三人は実際そちらに行ってみて、やや着古した上着のポケットに両手を突っ込みながら、もうすっかり明るくなった部屋でグレゴールの死骸を囲んで立つことになった。

そのとき寝室の扉が開き、ザムザ氏が制服姿で、片腕に妻、片腕に娘をつかまらせて登場した。みんな、少し泣き腫《は》らした顔をしていた。グレーテはときどき、顔を父親の腕に押しつけた。

「私のアパートから即刻、出ていってください！」とザムザ氏は言い、女たちをつかまらせたまま、扉を指さした。「どういう意味ですかな？」と真ん中の紳士が、やや当惑して言い、へらへらと相好を崩した。他の二人は両手を背中に回し、これは大喧嘩《おおげんか》になりそうだが、最後は自分たちが勝ち組と決まっていると期待して嬉《うれ》しくてたまらないように、ひっきりなしに手をこすり合わせていた。「まったく言葉どおりの意味です」とザムザ氏は答え、従えた女二人と横一列に並び、この間借り人に迫っていった。紳士は最初のうち無言で立ち尽くし、床を眺め、頭の中でものごとが新たに組み直されているような様子だった。「それなら、出ていきます」と紳士は言い、ザムザ氏を見上げた。あたかも、突然へりくだる気になったので、そう決心するにも改めて許可が要ると思っているかのように。ザムザ氏はただ何度か、ぎょろりと目を剝《む》き、コクコクと頷《うなず》いてみせただけだった。これを受けて、紳士は実際すぐさま大股《おおまた》で玄関ホールに向かった。仲間の二人は、しばらく前から手の動きをピタリと止め、じっと聞き耳を立てていたが、ここでぴょんと跳び上がり、ザムザ氏が玄関ホールに先回りして親分との仲を裂こうとするのではないかと不安がっているかのように、一目散に親分のあとを追いかけていった。玄関ホールで三人は三人ともコート掛けから帽子を取り、杖《つえ》立てから杖を抜き出し、押し黙ったままおじぎをしてアパートから出ていった。猜疑《さいぎ》心《しん》に駆られたザムザ氏は二人の女と玄関先のポーチまで出ていったが、まったくの杞《き》憂《ゆう》だと分かった。みんなで手すりに寄りかかり、三人の紳士たちが長い階段をゆっくりとではあれ着実に下ってゆくのを見送った。どの階でも階段の決まった曲がり角で三人の姿は消え、数瞬間後にまた現れる。下の階に行けば行くほど、三人に対するザムザ家の人々の関心は薄らいだ。やがて背負子《しょいこ》を頭に載せた肉屋の小僧が三人とすれ違い、誇らしげに背筋を伸ばして上《のぼ》ってくると、じきにザムザ氏は女たちと手すりを離れ、ホッとして、みんなでアパートの中に引き返した。

　今日という日を骨休めと散歩のために使おうと、みんなで決めた。今日くらいは自分へのご褒美《ほうび》に仕事を休んでいいはずだし、それどころか絶対に休む必要がある。そんなわけで、みんなでテーブルに向かって届け出の書面を三通書いた。ザムザ氏は会社の偉い人宛てに、ザムザ夫人は注文主宛てに、グレーテは店主宛てに。書いている途中で派遣家政婦が入ってきて、朝の仕事が終わったので帰りますと言ってきた。書いている三人は最初のうち、目もくれずに頷いただけだったが、派遣家政婦があいかわらず立ち去ろうとしないので、一同、腹立たしげに目を上げた。「それで？」とザムザ氏が尋ねた。派遣家政婦はにやにやしながら戸口に立ち、何やらこの一家に大した吉報を運んできたが、根ほり葉ほり問い詰められるまでは教えてやらない、といった風情だ。その帽子の上で、ほぼ直立している小さなダチョウの羽根飾りが、かすかに、前後左右にゆらゆら揺れている。彼女が着任してからというもの、ザムザ氏はこの羽根がずっと癪《しゃく》に障《さわ》っていたのだった。「だから、何のご用？」と、まだしも派遣家政婦に一番敬意を払われているザムザ夫人が尋ねた。

「それがですね」と派遣家政婦は答え、なれなれしく笑いだしたので、すぐには話を続けられなかった。「あれですよ、隣の部屋の例のブツをどう始末するか、ご心配には及びません。もう片づきましたので」ザムザ夫人とグレーテは、続きを書かなくちゃという顔で書面の上に屈《かが》み込んだ。ザムザ氏は、派遣家政婦が洗いざらい説明しようと口火を切りたがっているのに気づき、さっと片手を出して絶対お断りだと伝えた。おしゃべりが許されなかったので、彼女は自分が大忙しなのを思い出し、どうやらいじけたらしく、「さいなら、右や左のみなさん」と叫び、荒々しく向きを換え、すさまじい音でバタン、バタンと扉を閉めながらアパートを出ていった。

「晩にはクビだ」とザムザ氏は言ったが、妻にも娘にも返事はしてもらえなかった。やっと落ち着いたと思うか思わないかのうちに、派遣家政婦のせいで二人はまた心を乱されたのだ。二人は立ち上がり、窓辺へ行き、そこでギュッと抱き合ってじっとしていた。ザムザ氏は椅子に座ったまま二人の方を向き、しばらく無言で二人を見守っていた。それから、「さあ、おいで。ここいらで、済んだことは水に流そう。あと、わしのことも少しは構っておくれ」と叫んだ。ただちに女たちは言われたとおりにして、急いで父親のところへ行って撫《な》でたりさすったりしてから、そそくさと届《とどけ》を書き終えた。

　それから三人とも、連れ立ってアパートを出た。もう何ヵ月もなかったことだ。そして電車に乗って郊外の野原へ出かけた。同じ車両に乗り合わせているのはこの三人だけで、暖かい日の光があふれるほど射《さ》し込んできている。三人はゆったりと座席にもたれかかり、将来の見通しを話し合った。そして詳しく見てみると、見通しは全然悪くないことが判明した。これまでお互いに尋ねたことはなかったのだが、三人とも勤め口が非常に好条件で、特に将来有望だったのだ。目下最大の状況改善は、もちろん宿替えをすれば簡単に実現するはずだ。そういえばグレゴールが探してきたものだった今のアパートより、もっと狭くて安い、ただし立地はもっとよく、全般的にもっと住みやすい物件に移ろう。そんな話をしているうちに、ザムザ夫妻は、どんどん生気を取り戻してゆく娘の姿を目にして、ほとんど二人同時にはっと気づいた。この子は最近、厄介ごと続きで頬が青白くなりはしたが、それにもめげず、いつしか美しく豊満な花盛りの少女になっていたのだ。夫妻は口数が減り、ほとんど無意識のうちに目と目を見交わして通じ合い、そろそろこの子にいいお婿《むこ》さんを探してやる頃合いだと考えた。そして夫妻は、自分たちの新しい夢やお節介が正しいとお墨つきをもらった気がしたのだった。めざす駅に着いて、娘が一番先に立ち上がり、若々しい身体《からだ》をぐっと伸ばしたとき。

訳者解説

川島　隆

平凡なサラリーマンがある朝、巨大な虫けらに変身した状態で目覚める。これ以上ないほど意外性のある書き出しだが、その後の展開も読者の意表を突く。一夜にして人間ではなくなってしまった主人公グレゴール・ザムザは、自分が変身した理由はなぜかと考えたりはせず、もはや出勤するどころではない状況にもかかわらず、遅刻した仕事のことばかり気にするのだ（そんなことを気にしている場合なのかと疑問に思う読者は多いはずだ）。そして、まだ使い慣れない不自由な身体を何とか動かし、ベッドから出ようと四苦八苦する。その描写はきわめて生々しく、読者はいつしか、自分もグレゴール・ザムザの立場に置かれたら同じようにふるまうのではないかという気になってくる。それにしても、先を読めば変身の理由が明かされるのではないか、物語の最後には変身が解け、主人公は人間に戻れるのではないかとの期待を捨てきれない読者もいるだろう。その期待は裏切られる。グレゴール・ザムザは虫けらのまま死に、何の説明も救いもないままに物語は終わりを告げる。

人間が人間ではないものに変身する物語は洋の東西で無数にあるが、普通は、なぜ変身したのかの理由づけがあるものだ。何かの罰として神に呪われたから、魔女に魔法をかけられたから、変なものを食べてしまったから等々《などなど》。また、どうすれば変身が解除されるのかの条件も設定されていることが多い。何かの罰なのだとしたら、悔い改めて神に赦《ゆる》しを乞《こ》えばいい。お姫さまのキスで魔法が解けることもあれば、薬を飲めば元の姿に戻れることもある。ところが、そのような理由づけや条件づけがカフカの『変身』には一切ない。変身の意味や理由にあたる部分がごっそり抜け落ちているのだ。この上なく不条理である。そのため、これまで多くの人がこの小説の謎を解釈しようとした。グレゴール・ザムザが変身したのはなぜか、そこにどのような象徴的な意味が込められているのかといった問いが立てられ、多くの答えが出されてきたのだ。

しかし、そのような問いは、そもそも立てる必要があるのだろうか。解かれなければならない謎は本当にあるのだろうか。もとよりカフカは、自分の中から湧き出てくるものを筆の赴《おもむ》くままに書きつけるスタイルを身上としていた作家だ。ここに書いてあるのはどういう意味ですかと本人に尋ねてみても、「分からない」という答えが返ってきた可能性は大いにある。この小説はむしろ、意味や理由がなくとも不思議と読者の心に刺さる点に特徴があるのではないか。私たちは常日ごろ、大小さまざまな不条理を体験しながら生きており、それゆえにカフカ文学にふと波長が合ってしまうことがあるのだ。

なので、「この小説に解説は必要ない」と言って解説を終わらせるのが、本当は一番妥当なことなのかもしれない。しかし、以下ではあえて作者カフカに関する情報や、『変身』が書かれた当時の状況や時代背景、そしてこの小説がこれまでどのように読まれ、翻訳されてきたかの歴史を見ていく。それは、最終的に「正しい」解釈にたどり着くためではない。この解説を最後まで読んでもグレゴール・ザムザがなぜ変身したかが分かるようにはならないと断言できる。ただ、文学を読むにあたって関連情報を仕入れることは、いわば補助線を引く作業に等しい。一本の線を引くごとに、同じテクストの見え方が微妙に違ってくる。その作業の過程で、思わぬ拾い物をすることもあるだろう。

カフカの前半生

そんなわけで、まずは『変身』を書くに至るカフカの半生をたどってみることにしたい。作品の知名度に比例して、カフカ本人もいわば伝説的な存在となり、その生涯は一種の神話となっている。暴君的な父親に抑圧され、孤独と絶望のうちに生きた人。夜中に小説を書くサラリーマン作家だったが、生前はまったく無名。自分の作品が世に出ることを望まず、原稿をすべて焼却してくれと遺言していたが、遺稿を託された親友の「裏切り」で作品が死後出版され、実存主義の先駆として一躍脚光を浴びる。第二次世界大戦後に世界的なカフカ・ブームが起き、不条理な状況を形容する「カフカ的」という言葉まで生まれた。——そんな話を聞いたことのある人は少なくないだろう。そこには事実も含まれているが、本当ではない話も混ざっている。以下の解説は、カフカについて言われがちなことのうち何が実像で、何が虚像なのかを考えるための材料提供でもある。

多言語都市プラハの同化ユダヤ人

フランツ・カフカは一八八三年にプラハで生まれた。「百塔の町」と呼ばれる古都プラハは、現在ではチェコ共和国の首都だが、当時はオーストリア＝ハンガリー二重帝国の一部をなすボヘミア王国の首都だった。ボヘミア王はオーストリア皇帝が兼任するため、モルダウ川（チェコ名ヴルタヴァ川）の岸辺にそびえるプラハ城に王はおらず、総督府が代わりに政治を行っていた。今でこそオーストリアはごく小さな国になっているが、当時は中欧から東欧にまたがる広い地域を支配する大帝国で、大小さまざまな民族がひしめく多民族国家だった。ボヘミアではチェコ語を話すチェコ人が多数を占め、ただしドイツ国境に近い山地帯（ズデーテン地方）はドイツ語人口が多かった。

首都プラハでは、官僚や富裕層はドイツ語を話し、工場労働者や家事使用人（メイドや家政婦）など貧しい人々はチェコ語を話すという棲《す》み分けが成立していた。しかし十九世紀中にチェコ系の市民層の経済力が増大すると、それにともなって政治的な発言権も大きくなり、最終的にチェコ語はドイツ語と並ぶボヘミアの公用語の地位に引き上げられたが、その過程でチェコ系とドイツ系の民族対立が激化した。

カフカ家はドイツ語を話すユダヤ人の一家だった。かつてユダヤ人は移動や結婚や職業選択の自由を厳しく制限されていたが、近代に入ると段階的にユダヤ人解放が進み、オーストリアでは二重帝国が成立した一八六七年に法的な差別は撤廃され、大勢のユダヤ人が地方から都市部に流入した。彼らは現地のキリスト教社会の上層をなすドイツ系住民に溶け込んで同化することで立場の安定を図った。十九世紀の終わりごろには、プラハのドイツ語人口の半分以上をユダヤ人が占めるに至る。カフカの両親もその流れの中にいた。父親ヘルマンは南ボヘミアの貧しい村の出身で（以前はチェコ系ユダヤ人と断定されていたが、この説は今では疑問視されている）、若いころから行商人として苦労を重ね、プラハに出て成功をつかんだ。母親ユーリエはプラハの少し東にある小都市の裕福な醸造業者レヴィ家の娘で、実家の事業拡大にともなってプラハに移り住んだ。二人の出会いと結婚の経緯は知られていない。

結婚後、二人は都心の一等地で女性向けアクセサリーショップを構える。店は大いに繁盛し、長男フランツと三人の妹たち、ガブリエーレ（愛称エリ）、ヴァレーリエ（愛称ヴァリ）、オッティーリエ（愛称オットラ）は何不自由ない子ども時代を送った。

かわいいものと健康なもの

カフカは市内のドイツ語小学校に通い、同じく市内のドイツ語ギムナジウムに進学した。ギムナジウムとは、日本の中学と高校を合わせたような中等教育機関で、大学進学をめざす生徒だけが通う。卒業がそのまま大学入学資格になるが、進級は簡単ではなく、生徒はふるいにかけられて減ってゆく。カフカは勉強嫌いで、常に落第の恐怖に怯えていたが、結果的には無事卒業に漕ぎつけた。

ギムナジウム在学中に、カフカは文学への興味に目覚めた。ゲーテやシラーなど古典作家から同時代の作家まで幅広く読み、自らも創作を始め、戯曲を書いて妹たちと家庭内で上演したりしていたらしいが、当時書いたものは残っていない。

十代のカフカは、おしゃれに独特のこだわりを持つ、美意識の強い少年だった。もともと両親の商売との関連でファッションに興味があり、美しいもの、かわいいものに対する嗅覚が鋭かったこともある。それだけに、ごてごてと飾り立てる装飾過剰は毛嫌いし、シンプルな美しさを好んだ。同時代の哲学・思想の動向に対してもアンテナを張っていた。「神は死んだ」と宣言したニーチェの哲学やダーウィンの進化論に触れ、市民道徳を偽善と見なす発想や無神論的な考え方を育《はぐく》んだ。貧富の格差を生む資本主義に対する疑いも早くから芽生え、十六歳ごろには断固たる「社会主義者」になっていた。

装飾批判や資本主義批判は時代の流れでもあった。産業革命後のヨーロッパでは産業と資本主義が高度に発達し、物質的な豊かさが飛躍的に向上したが、急速な社会の変化は戸惑いや反発を生み、十九世紀末から二十世紀初頭にかけて、大規模な文明批判の潮流が起こった。ダーウィニズムの一種として、都市生活は人間の身体を退化させるという考えが広まったため、身体を鍛え直して健康を取り戻すための体操がブームになり、自然の中を散策するワンダーフォーゲル運動がドイツ発で生まれた。身体を締めつける衣服の改良や居住空間の見直しが提唱され、エコロジー思想の先駆も見られた。カフカはかなり流行に乗りやすい性格だったので、真冬でも窓を開けて新鮮な空気を室内に入れたり、デンマークの体操家が提唱した「ミュラー式体操」に感化されて毎日二回欠かさず裸で体操をしたり、肉食は身体に悪いからと菜食主義者になって、さらに一口につき五分間噛《か》むという「フレッチャー式咀嚼《そしゃく》法」を採り入れたりと、最新の健康法をまじめに実践するようになる。当時、病院とホテルの中間のような療養施設「サナトリウム」が高原や森の中など空気のきれいな場所に作られ、人気を集めていたが、病気でもないのに休暇ごとに各地のサナトリウム巡りをするのが学生時代以降のカフカの趣味となった。

一九〇一年にプラハ大学に進学したカフカは、専攻選びで少し迷走したあげく、法学を選んだ。しかし法律の勉強はあまり好きになれず、成績はよくなかった。一方、文学への関心は持続しており、国内外の作家の作品を読みあさった。フランスの文豪フローベールを特に愛読していた。このころのカフカの文学観は、ギムナジウム時代からの友人オスカー・ポラックに宛てた手紙によく表れている。幸せになるために読書をするという発想を全否定し、「自分を噛んだり刺したりするような本だけを読むべき」と主張する手紙だ。

> ぼくらの脳天を直撃して目を覚まさせてくれる本でないなら、何のために本なんか読むんだ？［…］本というものは、ぼくらの中にある凍りついた海を叩き割る斧でなければならない。

いずれカフカは、自分自身もそのような本を書くことをめざすようになる。

もっとも、当時のカフカにとって、作家として身を立てることは考えづらかった。家族の理解を得る見込みが薄かったからだ。

「暴君的な父親」という神話、「弱い母親」という虚像

カフカは父親に対して巨大なコンプレックスを抱いていた。その感情は、一九一九年に（当時交際していた女性との結婚を父親に反対されたのを機に）書かれた長文の『父への手紙』で吐露されている。別の手紙でも、自分の父が「愛のある暴君」で、母が「愛のある奴隷」だったがゆえに自分の両親は夫婦円満だったと述べている。一九一二年に書かれた短編『判決』では父親が息子に死刑を宣告し、同じ年の『変身』でも父親ザムザ氏が投げたリンゴが遠因となって息子は死に至る。こうしたことから、カフカの父親はきわめて暴君的な人物で、息子を厳しく抑圧していたというイメージが広まった。しかし実際には、ヘルマン・カフカにはまったく横暴なところがなく、人あたりのいい人格者で、家族思いの優しい父親だったという証言が残っている。どちらが本当なのだろうか。

そもそも日記・手紙でカフカが父親に触れている箇所をよく読めば、ヘルマンが子煩悩で涙もろく、愛情あふれる人物であり、厳しいところがある反面、さばけたリベラルな態度で息子に接していたことが分かる。カフカが父親から受けた唯一の身体的な暴力の記憶は、幼いころ、夜中に水を飲みたいと駄々をこねたらベランダに出されたというものだ。裏を返せば、カフカは一度も父親に殴《なぐ》られたことがない。親や教師が子どもに体罰を加えるのがあたりまえで、教室では鞭《むち》が常備品だった時代のことなので、これは注目に値する。カフカが自分への父親からの攻撃の主な例として挙げているのは、自分が若いころ貧しい行商人としてどれだけ苦労したか、それに比べて息子がいかに恵まれているかを長々と愚痴るという行為だ。つまり、父は父の側で自分が低学歴であることにコンプレックスを抱いており、高学歴の息子に対して強く出られず、苦労自慢をする程度しか反撃の方法がなかったのではないかと考えられる。「暴君的な父親」は神話でしかなく、実際のヘルマンはむしろ当時としては弱い父親であったかもしれないのだ。

　母ユーリエの人物像も見直しが必要だろう。カフカ自身が自分の文学的素質を母方の遺伝と解釈していることもあり、従来のカフカの伝記では、ユーリエは「夢み

両親。1910年撮影

がち」で「内向的」な女性、暴君的な夫に絶対服従の「弱い母」として描かれてきた。これは、「ヘルマン・カフカ＝暴君的」というイメージから逆算して導き出された、もう一つの虚像ではないだろうか。『変身』作中で概して無力に描かれているザムザ夫人のイメージが投影されているとも考えられる。実際のユーリエは、実務能力が高く、決断力と行動力に富む女性だった。実家の財力はもとより、読み書き能力が乏しい夫に代わってビジネス・レターを作成する彼女の才覚がなければ、アクセサリーショップの経営は成り立たなかっただろう。何ごとにも夫を立てるのが常だったが、これは当時の家庭ではごく普通のことだ。家庭内の問題について、ユーリエは強い発言権を持っていた。そして息子に対しては明らかに過干渉だった。息子の側もその母子関係に依存していた面がある。カフカは『父への手紙』を書いたあと、まず母親に見せ、お父さんに見せると悲しむから見せないようにと言われ、そのままお蔵《くら》入りにした。つまり、これは最初から父親というより母親に読ませることを想定した『母への手紙』なのだと穿《うが》った見方をする人もいる。

マックス・ブロートとの出会い

プラハ大学在学中に、カフカは一度プラハを脱出する計画を立てている。法学の専攻を中断し、南ドイツのミュンヘン大学で文学を学び直そうとしたのだ。しかし、この計画は実現には至らなかった。カフカはポラック宛の手紙でプラハを「カギ爪」のある「お母さん」に喩《たと》えてみせ、この怪物めいた母親がぼくたちを放してくれないと嘆いている。

いずれにせよ、カフカはプラハで学生生活を満喫していた。文学や哲学のサークルに出入りして思想界の最新の動向に触れ、おしゃれなカフェで文学談議に花を咲かせた。当時のカフェは各種新聞・雑誌を取り揃えており、若者が最先端の情報を手に入れて世界とつながるための窓口でもあった。

こうした日々を送るうち、カフカは大学の一年後輩にあたるマックス・ブロートと出会った。学生団体の文芸部が主催するイベントで、ブロートが哲学者ショーペンハウアーについて講演したのをカフカが聴いたのが出会いのきっかけだった。二人は同じ同化ユダヤ人で、生育環境に共通点が多かった。ただし、ブロートの方がもっと恵まれている。銀行頭取の息子で、大学卒業前にすでに新進気鋭の作家としてドイツで本を出し、小説・詩・音楽評論など多彩なジャンルで活躍することになる人物だった。秀才の呼び声が高く、どこへ出ても人気者だった彼は、一見すると物静かで目立たないカフカがひとたび口を開けば歯に衣《きぬ》着せぬ物言いをして、ものごとの本質を鋭く突くのに魅せられた。ほどなく二人は生涯にわたる親友となった。カフカはブロート家に入り浸って家族同然の扱いを受け、ブロートとお互いに自作を朗読しては文学的研鑽《けんさん》を積んだ。社会人になってからも、いっしょに北イタリアやパリ、文豪ゲーテの聖地ヴァイマルなどに観光旅行に出かけた。二人ともカフェや劇場が大好きで、プラハで最初の映画館が一九〇七年にオープンしてからは映画にも足しげく通った。

当時のカフカがとあるカフェのウェイトレスと二人で撮った写真が残っている。カフカの伝記作者はこの写真をトリミングして女性の存在を消し、「カフカと犬の写真」として伝記に掲載した。女性と並んだ構図が、孤独と絶望の中で生きた作家のイメージにそぐわないからだろう。実際にはカフカはかなりの遊び人で、友人たちと交流しながら都会のナイトライフを楽しんでいたのだった。

「カフカと犬」の写真とされていたもの

現存する中で最も古いカフカの作品は、『ある闘いの記録』と題されている。プラハの町中とおぼしき街路と郊外の野山を舞台に、夜遊び中の二人の男が哲学めいた雰囲気の対話を交わすという設定で、夢と現実が交錯する点は後年のカフカ作品との共通点と言えなくもないが、つかみどころのない、ふわふわとした印象の物語だ。学生時代の一九〇四年ごろから書きはじめ、何度も書き直したあげく、完成には至らなかった。

労災保険局のエリート局員の裏の顔

一九〇六年、カフカはプラハ大学をぎりぎりの成績で卒業し、法学博士号を取得した。一年間の司法研修を経て就職活動に入るが、勤め口はなかなか決まらなかった。結局、スペインで鉄道会社の社長をしていた母方の伯父アルフレート・レヴィの口利きで、イタリアの保険会社「総合保険（アシクラツィオーニ・ジェネラーリ）」のプラハ支店に非正規雇用の待遇で入社する。しかし、薄給のうえに勤務時間は一日に十二時間を超えることがざらで、休日出勤も常態化しているブラックな職場環境だったため、わずか数ヵ月で転職を思い立った。後年、カフカはこのときの心境を次のように回想している。

> あの会社のぼくの事務室に通じる狭い廊下を歩いていると、ほぼ毎朝、同じ場所で絶望の発作に襲われたよ。ぼくより強くて根性のある人だったら、さっさと自殺して楽になる決意をしてもおかしくない絶望だった。

どれだけ追い詰められた状況であったかは、当時の恋人ヘートヴィヒ・ヴァイラー宛の手紙でも詳しく綴《つづ》られている。カフカが彼女と出会ったのは、母方の叔父（母ユーリエの異母弟）ジークフリート・レヴィが医師として暮らす田舎町を休暇で訪れたときのことだった。カフカはこの叔父とは年が近いこともあって親しく、新しいもの好きだった叔父のオートバイを借りて田舎道を乗り回したりもした。ヘートヴィヒとの文通は約一年半続いたが、やがて関係は自然消滅した。

転職に際して、カフカは今度はギムナジウム時代の学友のコネを利用し、一九〇八年にボヘミア王国労働者災害保険局に臨時職員として雇用された。オーストリア＝ハンガリー帝国では七つの主要都市に半官半民の労災保険局が置かれていたが、在プラハのボヘミア局はそのうち最大規模を誇っていた。ボヘミアは帝国内で最も工業化が進んだ地域で、工場労働者の数が段違いに多く、したがって労災の発生件数も多かったからだ。ちょうどカフカが入局したころ、労災保険局は大幅な組織改革を行い、赤字経営から黒字経営へと移行しようとしていた。そこで重要になったのは、一つには、保険加入している企業の業務の「危険度」を厳密に査定し、それにもとづいて保険の掛け金を算出する手続きだった。カフカはこの計算方法の専門講習を受け、スペシャリストとして検査部に配属される。

もう一つ、労災保険局が力を入れていたのが、安全管理と事故防止の取り組みだった。労働者の身の安全を守るという人道的な目的のためばかりではなく、保険加入している企業で事故の発生件数が減れば、当然ながら保険金の支払いも減るため、保険局の側の赤字削減につながる。カフカは入局後、この方面でも頭角を現し、専門家として重宝されるようになった。彼が保険局の一九〇九年次報告書に書いた『木材加工機械の事故防止策』は、木材加工用の電動かんなの回転軸《シャフト》を新旧比較し、安全な新式に対して旧式のシャフトの危険性に警鐘を鳴らす内容だが、読む者の不安をあおり、どこにも逃げ場がないという絶望的な気分にさせる文体は、いかにもカフカらしい。

> この方式のシャフトで作業するということは、すなわち危険について無知なまま作業して危険をいっそう大きくするか、あるいは避けようのない危険にたえずさらされていることを意識しながら作業するか、どちらかを意味する。きわめて用心深い作業員なら、作業に際して、つまり木材を回転刃に送る際に木材より指が前に出ないよう細心の注意を払うことができるだろうが、危険があま

りに大きいので、どれだけ用心しても無駄である。どれだけ用心深い作業員でも手が滑ることはあるし、片手で工作物をテーブル面に押しつけ、もう片方の手でかんな刃に送るとき、木材が踊ることは少なくない。すると手が刃口に落ちて回転刃に巻き込まれてしまう。

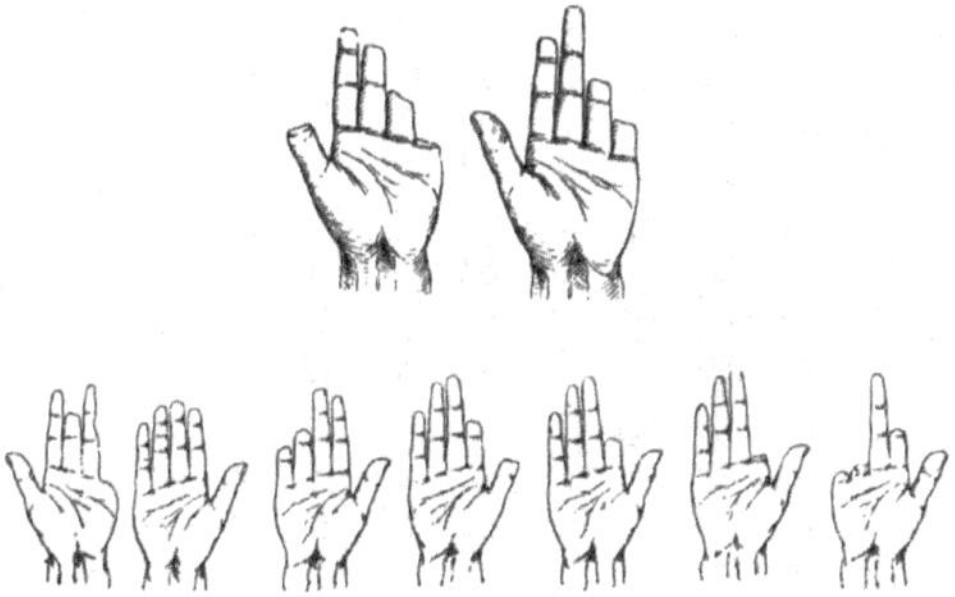

旧式の機械の危険性を示す図版

カフカ自身は、自分は社会生活に向いていないと思い、仕事が嫌でたまらないという気持ちを日記や手紙でしばしば述べているので、実務的な仕事が苦手な人だったとイメージされがちだが、実際にはかなり有能で、入局からまもなく正規職員に昇格し、局内の文書作成を担当する起草員となり、その後も順調に昇進を重ねた。さらに、自分の給与がボヘミアの官庁の同職種と比較して不当に低いことを理路整然と指摘する長文の昇給願いを何度も出しており、そのうち何度かは昇給を勝ち取っていることからも、母親譲りの実務能力の高さが窺《うかが》える。一九一一年一一月には、上の妹エリの夫が設立したアスベスト工場の共同経営者になり（出資金は父親が出してくれた）、工場主の肩書きも手にしていた。誰が見ても順風満帆にエリート街道を歩んでいたが、かといって傲慢《ごうまん》な態度を取るわけではなく、同僚や部下に対しては常に物腰やわらかに接していたので、誰からも好かれた。

　労災保険局での仕事は、勤務時間の短さという点で大きなメリットがあった。当時のオーストリアの官庁では、昼休みを挟んで午前と午後に分けて働くか、早朝から昼休みなしで昼過ぎまで働くかを選ぶことができ、後者を選んだ場合の勤務は朝八時から午後二時までの六時間だった。カフカはこのタイムシフトを選択し、午後に帰宅すると昼食を食べて昼寝をして、晩に起き出して文学の執筆にいそしむ（または観劇に出かけたり、友人たちと夜の街に繰り出したりする）二重生活を送った。ちなみに、プラハ中央郵便局に勤めていたマックス・ブロートも、似たような立場だった。二人はそれぞれ保険局員および郵便局員として安定した収入を得ながら、空いた時間を文学のために使うサラリーマン作家の道を選んだのだった。

ユダヤ人であることの意味

しかし、ブロートがやがてシオニズムに傾倒するようになったため、二人のあいだには亀裂が生じた。シオニズムとは、世界中に離散して暮らすユダヤ人が「シオンの丘」（聖地エルサレムの別名）をめざして民族の故郷パレスチナに移住し、ユダヤ人の国家を作ることを目標とする民族運動で、オーストリアの作家テオドール・ヘルツルによって推進された。カフカはこの動きに冷淡だった。「ぼくはユダヤ人と何を共有しているというのか？」と彼はあるとき日記に書いている。

かつて都市部では隔離地区《ゲットー》に閉じ込められ、農村部では居留地《シュテートル》に集まって住んでいたユダヤ人は、近代の解放政策のおかげで移動の自由を手にした。キリスト教社会への同化が進むにつれて、ユダヤ人差別はなくなるはずだった。プラハでは十九世紀末以降、狭い街路に小さな建物がひしめく旧ゲットーを取り壊し、市の中心部の広場からモルダウ川まで一直線に延びる大通りを建設する都市再開発事業が大々的に実施された。こうしてゲットーの痕跡が拭い去られた再開発地区に新築された、エレベータ完備の高級賃貸住宅に、カフカ家は一九〇七年に入居した。モルダウ川

モルダウ北岸よりプラハ旧市街を望む。ニクラス橋を渡ってすぐ左手の建物の最上階がカフカ家

と対岸の丘陵地帯を一望できる最上階のアパートだった。社会全体では職業差別がまだ残り、たとえばユダヤ人が役人になるのを目に見えない壁が阻《はば》んでいた時代だが、カフカはこの壁も乗り越え、官僚になろうとしていた。それだけ聞けば、ユダヤ人の出自にこだわる必要はもはや一切ないのではとすら思える。

ところが、他ならぬこの時期に、ヨーロッパ全体でユダヤ人迫害が激化していたのだ。一つの理由は、資本主義のあまりにも急速な発達だった。「ユダヤ人＝金貸し」の伝統的なイメージや、ロートシルト（ロスチャイルド）家のようなユダヤ系の大財閥が金融業で国際的な成功を収めていたことから、ユダヤ人を資本主義と同一視する風潮が広まった。もちろん、大金持ちのユダヤ人はごく一握りだったが、急速な社会の変化についていけないと感じる人々は、不安・不満の捌《は》け口としてスケープゴートを求めていた。

もう一つの理由は、ダーウィニズムに代表される生物学的な発想の浸透だった。かつてはユダヤ教を信仰する宗教集団として定義されていたユダヤ人は、十九世紀中に、反ユダヤ主義の中心地だったフランスの人種論者などにより新たに「人種」として定義し直され、望ましくない遺伝子を持つ集団だという偏見が流布された。この流れと、イギリス発祥の優生学が各国で受け容れられていく流れとが交差するところに、ユダヤ人を絶滅させるというナチス・ドイツの危険な思想もまた生まれる。一九三三年にナチスが政権を取ると、ドイツ社会に同化していたユダヤ人たちは厳しい選択を迫られた。ナチスがドイツ系住民の保護を口実に当時のチェコスロヴァキアにズデーテン地方を割譲させ、最終的に一九三九年にチェコ全土を併合したとき、カフカはもうこの世にいなかったが、彼の家族や友人を悲劇が襲った。叔父ジークフリートは強制収容所に移送される直前に自殺。三人の妹たちはみな強制収容所で命を落とした。マックス・ブロートはドイツ軍が迫るなか、親友の遺稿を携えてプラハをかろうじて脱出し、パレスチナに亡命した。

今日の視点からユダヤ人差別の問題をふり返るとき、ナチスによる大虐殺の歴史を抜きにして考えるのは難しい。もちろん、二十世紀に入ったばかりの時期に、これほどまでの事態を想定できた人は少なかっただろう。しかし、反ユダヤ主義の高まりに不安を抱いた人は多く、だからこそ対抗手段を求めてユダヤ民族主義が盛り上がったのだ。シオニズムにあまり賛同できなかったカフカも、ユダヤ人への憎悪が募りつつある世相自体はひしひしと感じていた。のみならず、そんな世相に彼自身が共鳴してしまっていた面もある。早くから社会主義に関心を寄せたのは、ユダヤ人を資本主義の権化《ごんげ》と見なす考え方を自分の両親の商売に当てはめ、その両親に養われてぬくぬくと暮らしている自分に罪悪感を覚えたからだし、自分の健康をやたらと気にかけ、さまざまな健康法を神経質なまでに実践していたのも、ユダヤ人を劣等人種と決めつけて色々な病気のイメージと結びつける生物学的な反ユダヤ主義の言説に影響されていたからだという側面もある。

　こうした思考回路は「ユダヤ人の自己嫌悪」と呼ばれ、カフカの場合ほど極端ではなくとも、同時代のユダヤ系知識人に幅広く見られた現象だった。世紀の変わり目にブームとなったエコロジー的な文明批判の思潮に棹《さお》さすユダヤ系知識人たちは、文明に毒された都市の喧騒《けんそう》を離れ、自然に近い生活の中で大地との絆《きずな》を結び直すことで、ユダヤ人は精神と肉体の健康を取り戻せると考えた。その代表者の一人が、ユダヤ人国家の樹立をめざすヘルツルの「政治シオニズム」に対して「文化シオニズム」を標榜したマルティン・ブーバーだった。あらゆる宗教の根源にある宗教性を追求する神秘思想研究者としても名を馳《は》せていたブーバーは、西洋文明に同化してしまった「西方ユダヤ人」に、伝統的なユダヤ教の戒律を守って前近代的な暮らしを営む東欧の「東方ユダヤ人」を対置し、後者を理想化した。その思想は当時のユダヤ人青年たちの心を強くつかんだ。その流れにブロートも乗ったわけだが、対するカフカは、多くの思想的前提を共有していたにもかかわらず、ブーバーの言うことには中身がなく、「生ぬるい」と考えていた。

しかしながら、一九一一年の秋から冬にかけて、カフカは初めて民族意識に目覚める体験をする。きっかけは、東欧からプラハにやって来た旅回りの劇団によるイディッシュ語演劇との出会いだった。イディッシュ語とは、ドイツ語にスラヴ系の言語やヘブライ語の語彙《ごい》が混ざった言語で、かつては中欧から東欧にかけて幅広い地域で話されていた。カフカの親世代、特に地方出身の父親の使用言語の一つでもあったはずだが、カフカは家庭内で一切耳にすることはなかった。初めて触れたイディッシュ語演劇に彼は熱狂した。市内のカフェで上演される舞台に通いつめ、理解はできないものの、どこか親しみを感じるイディッシュ語の歌や台詞を聞き、雄弁な身ぶり手ぶりをともなう女優たちの演技を食い入るように見つめた。このときカフカは、その舞台に自分自身のユダヤ性のルーツを見つけたような気がしていたのだった。劇団の座長イツハク・レヴィと個人的に親しくなり、東方ユダヤ人の暮らしぶりについて詳しく話を聞いた。いつも金欠気味だった劇団を支援するため、レヴィによるイディッシュ語詩の朗読会を主催し、その前座として、イディッシュ語とは何かを論じる講演を自ら行ったりもした。

この熱狂はほどなく過ぎ去り、カフカのユダヤ人アイデンティティは結局あやふやなままだったが、ともあれ後年の彼は少しずつシオニズムに接近していく。

フェリス・バウアーとの文通

一九一二年はカフカにとって大きな転機の年となった。まず、親友ブロートの仲介で、ドイツ東部の都市ライプツィヒのロヴォールト出版社から初めての本が出ることになった。それまで書き溜めた小品を集めた短編集で、タイトルは『観察』。そこに収録する作品の並び順を相談するためにブロートに会いに行った八月一三日の晩、カフカはベルリン在住の女性フェリス（フェリーツェ）・バウアーに出会い、恋に落ちた。彼女はブロート家の遠縁にあたり（フェリスの従兄《いとこ》とブロートの妹が夫婦）、ブダペスト在住の姉夫婦に子どもができたので訪問する途中、プラハに立ち寄ったのだった。出会いの夜から一ヵ月以上が過ぎた九月二〇日、カフカは遠回しに交際を申し込む手紙を送り、二日後、その余韻に浸りながら、短編『判決』を一晩で書き上げた。

若い商人ゲオルク・ベンデマンが、ロシアのペテルブルグ在住の友人に、自分が婚約したことを手紙で知らせる。そのことを病気の父親に告げにいくと、なぜか嘘つきと責められる。おまえにそんな友人はいない、というのだ。なんとか父親をなだめて落ち着かせるが、今度は、いきなり豹変《ひょうへん》した父親に、おまえは友人を騙《だま》していると糾弾され、最後は「溺《おぼ》れ死ね！」と死刑宣告を受けて橋から身を投げるという不条理な物語だ。ゲオルクが何を責められているのか、なぜ父親の判決に素直に従って死を選ぶのか、さっぱり分からない。ただ、自分が現実だと思っていたものが崩れ去る感覚や、罪人として責められることへの恐怖感はひしひしと伝わってくる。このときカフカは、自分の中からあふれ出てくるものを一気に書きつけるスタイルに開眼し、初めて自分の書いたものに手ごたえを感じた。

ともあれ、カフカの求愛は当初、あまり順調には運ばなかった。そこで仲介に入ったブロート家の人々のおかげで、ようやく交際が始まる。五年間に及ぶフェリスとの遠距離恋愛は、カフカの人生最大のイベントだった。カフカはフェリスと二度婚約し、二度とも婚約破棄している。その過程で、現存するだけで五百通あまりのラブレターを書いた。そこではカフカの手紙魔ぶりが遺憾なく発揮されており、調子に乗ったときの彼は毎日欠かさず長文の手紙を書き、多いときはそれが一日に二通か三通に増え、しかも相手の返事をしつこく要求した。手紙を介して「つながっている」という感覚を得られるかどうかは、彼にとって、もはや死活問題の様相を呈していた。参考までに、二人の文通が軌道に乗って数週間後の一一月一一日の手紙の一節を見てみよう。

> きみの返事が今すぐ読めたらいいのに！　いや、ぼくはきみを苦しめているよね。むごたらしく。きみがせっかく部屋でのんびりしているところに、よくこんな手紙を読めと無理強いできたものだ。これよりおぞましい手紙がきみの仕

事机の上に置かれたことはないはずだ！　実際、ぼくはときどき、自分が幽霊になったような気がする。きみの名前から幸せを啜《すす》って生きている幽霊に！

こんな調子で、返事がすぐ来ないと取り乱し、さらに何日間か音信不通が続くと「ゴビョウキデスカ」と電報を打つ。恋心を告白する一方で、自分はどうしようもないダメ人間だから関わらない方がいいと全力でアピールする。相手に近づこうとしているのか、相手から遠ざかろうとしているのか分からない。

カフカを挙動不審にしたのは、自分はそもそも恋愛や結婚生活に不適格な人間だという思いだった。自信作『判決』が雑誌掲載されたとき、カフカは「フェリス・B嬢に捧げる」と献辞をつけている。フェリスへの求愛を始めるのと同時に書かれたこの短編小説が、なぜか婚約を理由に責められる主人公の物語になっているのは、いかにも示唆的だ。恋人との仲が進み、結婚に至れば、夜中に文学作品を執筆する自分の生き方が不可能になる。自分にとって最も心地よい対人距離は「地下室」に閉じこもって誰とも顔を合わせないことだと、カフカは一九一三年一月、当のフェリスに宛ててあけすけに書いている。

ぼくにとって一番いい生活スタイルは、文房具とランプを持って、トンネルみたいな隔離された地下室の一番奥のスペースにいることなんじゃないかな。食事を持ってきてもらうときは、ぼくのスペースからずっと遠く、地下室の一番外側の扉の前に置いておいてもらう。パジャマを着たまま、地下室の穴倉を次々とくぐり抜けて食事を取りにいくのが、ぼくの唯一の散歩になるってわけさ。それからぼくは自分の机に戻り、ゆっくり慎重に食べ、すぐまた執筆を始めるんだ。これなら、いいものが書けそうなんだけどなあ！

この面倒な恋愛の相手役を務めたフェリスとは、どんな女性だったのだろうか。従来のカフカ研究では、およそ文学というものに無理解な俗っぽい趣味の持ち主で、孤独を好む天才カフカについてゆけず捨てられた「かわいそうな女」といった像が描かれることがよくあった。しかし、それは実態とはかけ離れている。

バウアー家はシュレージエン（現在のポーランドとチェコ国境地帯）の地方都市からベルリンに出たユダヤ人一家で、フェリスは五人兄妹の四番目だった。複雑な家庭事情のため十代のうちからタイピストとして働きはじめ、当時二十四歳の若さですでに、蓄音機やレコードを扱う大手企業の管理職に就いていた。当時は、タイプライターの普及とともに市民層の女性の職場進出が始まったばかりの時期だが、管理職の女性はまだきわめて珍しかった。フェリスの実務能力の高さが窺える。そのうえ、彼女は北欧文学を愛好する読書家で、一番好きな作家は、辛口《からくち》批評家のカフカも絶賛するストリンドベリだった。劇場通いが趣味でもあった。文化の一大中心地だったベルリンは演劇の都としても有名で、演劇好きのカフカにしてみればプラハから鉄道で片道八時間かけてでも観《み》にいきたい演目が多数上演されていた。

　要するに、フェリスは職位や収入の面で二十九歳の保険局員カフカと遜色なく、文化水準の面でも対等かそれ以上の、奇跡のような存在だったのだ。カフカは自分の弱さに敏感だったので、主体的な強い女性に惹《ひ》かれたというのもあるだろう。

事務用の録音機「パルログラフ」を操作するフェリス。会社の宣伝用パンフレットのため撮影された連続写真（パラパラアニメ）の一枚

できれば「地下室」に引きこもりたいという願望を抱いている彼にとって、もしかすると自分を養ってくれるかもしれない人であった点も見逃せない。

『変身』の成立史・出版史

『変身』ができるまで

ここから、『変身』の執筆・出版の経緯をやや詳しく見ていく。

フェリスへの恋で極度の緊張状態に置かれたカフカは、そのことで創作意欲を刺激され、文学方面できわめて生産的な時期を迎えた。最初の手紙を書いたあとに短編『判決』が生まれ、カフカが作家として脱皮を遂げたことは先に述べたが、フェリスと文通するかたわら、彼は長編小説『失踪者（アメリカ）』の執筆を進めた。

家事使用人の女性に性的関係を強要され、子どもができてしまったために両親から勘当《かんどう》された十七歳の少年カール・ロスマンが移民船でニューヨークの港に到着するところから物語は始まる。映画的とも評される高度に視覚的な描写が続くが、カフカが描き出すアメリカはとても具体的であるのに奇妙に現実感がない。そこで主人公カールは不条理な目にばかり遭《あ》い、居場所を奪われつづける。イギリスの文豪ディケンズの大長編『デイヴィッド・コパーフィールド』の影響を受けたと作者本人が語っており、世間知らずの少年が人生の荒波にもまれる展開はたしかに同じだが、デイヴィッドが逆境にもめげず強く生き抜き、最後は幸せをつかむのに対し、カールはひたすら転落を繰り返すだけで、その将来には希望が見えない。

『失踪者』の執筆がやや停滞していた一九一二年の一一月中旬、新たに浮かんできた小説構想が『変身』に結実する。その背景には、一一月一八日にフェリスが二十五歳の誕生日を迎えたことがあった。誕生日に向けて二人の距離を詰めようと焦ったカフカは、先に引用した文通初期の手紙（一一月一一日）で、時期尚早なのを自覚しながらも、やや唐突に愛を告白した。強引なアプローチを受けて戸惑ったフェリスは、すぐには返事をせず、仲介役のブロートにまず相談した。ブロートは親友の恋を成就させるべく、電話や手紙で必死に説得した。そのかいあって、フェリスはカフカとの関係を前に進める決断をする。ちなみに、このタイミングでカフカの母ユーリエが息子の恋愛に介入してくる。彼女は「偶然」フェリスからの手紙を盗み読み、二人が結婚を前提に付き合いはじめたのを知って、息子をよろしく頼む旨《むね》の手紙をフェリスに送った。当時の市民的価値観からして、女性は結婚すれば専業主婦になるのがあたりまえで、家庭的な女性が理想とされていた。フェリスはその理想像とは正反対だったが、この人なら大丈夫だとユーリエが太鼓《たいこ》判《ばん》を押したのは興味深い。おそらく彼女は自分の息子の性格をよく把握しており、どんな女性ならば息子に合うかを冷静に分析していたのだろう。

とにかく、こうして護送船団方式で守られながら、カフカの恋は新局面に入った。彼は熱のこもった手紙を次々と送ったが、フェリスの反応は鈍かった。自分の誕生日パーティーの準備があり、会社でもイベントが控えており忙しかったからだ。しびれを切らしたカフカは、一一月一六日の手紙で爆発寸前の気持ちを吐露する。

最愛の人、こんなに苦しめないで！　苦しめないで！　もう土曜日なのに、今日も手紙をくれずにぼくを放置するなんて。今日こそは絶対に手紙が届く、夜のあとに昼がくるのと同じくらい確実だと思っていたのに。いや、手紙をくれだなんて贅沢《ぜいたく》は言わない。二行のメモだけでも、挨拶《あいさつ》だけでも、封筒だけでもいい。ハガキ一枚でも。こちらは四通送って、これが五通目なのに、お返しに一言すらないとは。不当な仕打ちだよ。

幸いなことに、その翌日、「封筒だけ」ではないフェリスの返事が届いた。どん底の気分で、もう「手紙が来るまでベッドから起きない」と誓っていたカフカは有頂天になり、また長い手紙を書くが、その末尾に次のように付け加える。

ベッドでふて腐れているうちに思いついた小さな物語を書きとめないといけない。妙に気になっているんだ。

この気になる「小さな物語」こそ『変身』の最初の萌芽《ほうが》だった。つまり、恋人からの返事が来ない絶望感に浸りながら、ベッドから起き上がるまいと自分に縛りをかけている状態で思いついたのが、虫けらに変身したがゆえにベッドから起き上がれなくなった男の物語だったわけだ。それから約三週間、カフカは『変身』ができてゆく過程をリアルタイムでフェリスに報告している。当初は本当にごく「小さな物語」のつもりだったが、書いているうちに勝手に「もっと長い物語に成長」していった。一一月二四日の時点で、仕上がっていた第一章を友人宅で朗読した。聴衆の反応は知られていない。翌月に入って五日から六日にかけての夜、カフカはフェリスにグレゴール・ザムザの死を告げた。

> ぼくの小さな物語の主人公が、少し前に死んだ。せめてもの慰めになるなら言うけど、平和に、誰のことも恨《うら》まず死んでいったよ。

次の夜に結末部分が書かれたが、カフカはその出来に満足できず、「もっといいものができたはず」だと述べている。

『変身』が世に出るまで

こうして書き上げられた『変身』は、すぐに友人たちの前で披露されたが、活字になるまでは長い時間を要した。一九一三年に入り、カフカの第一短編集を出版したロヴォールトから事業を引き継いだ野心的な出版者クルト・ヴォルフが、新進気鋭の作家の短めの小説を集めた廉価版シリーズを創刊するので、それに合う作品を出してほしいと打診してきた。カフカは、書きかけの長編『失踪者』第一章にあたる『火夫』と『変身』と前作『判決』を一冊にまとめ、『息子たち』と題して出版することを提案した。この提案自体は却下されたが、『火夫』を単独で刊行することが決まる。この年の五月、『火夫』はクルト・ヴォルフ出版社の「最後の審判」シリーズの一環として、「ある断片」の副題を添えて刊行された。この本はそこそこ好評を博し、カフカは若手の注目株の地位を手に入れた。

このころカフカに注目した人に、ローベルト・ムージルがいる。後に未完の大長編小説『特性のない男』で二十世紀最高の作家の一人と見なされることになるムージルは、一九一四年の二月、自分が編集部にいた雑誌『新展望《ノイエ・ルントシャウ》』への寄稿をカフカに依頼した。カフカは迷ったあげく『変身』を送り、ムージルの尽力によって掲載が決まりかけるが、最終的に上からの指示で、長すぎるので縮めるか不掲載かの二択を迫られ、寄稿を見送らざるをえなかった。

一九一四年は激動の年だった。四月にフェリスとの一度目の婚約が決まり、六月にベルリンで婚約式が開かれるが、わずか一ヵ月後に急転直下で婚約の破棄が決まる。その事態をもたらしたのは、もう一人の女性、グレーテ・ブロッホの存在だった。グレーテはフェリスの少し年下の同業者で、前年一〇月の末から二人の共通の友人として恋の相談相手を務めていた。やがてカフカはグレーテに大量の手紙を送るようになり、あからさまに結婚への後ろ向きな気持ちを綴《つづ》った。微妙な立場に立たされたグレーテは、最終的に、そういった手紙をまとめてフェリスに引き渡すことを決断した。これを受けてカフカはベルリンに呼び出され、ホテルの一室で婚約者同士の話し合いが持たれた。グレーテと、フェリスの二人目の姉エルナが同席した（カフカの友人の作家エルンスト・ヴァイスも同席したというのが以前は通説になっていたが、これは今では誤りとされている）。自分が書いた手紙を証拠物件として突きつけられたカフカは何も申し開きができず、婚約破棄に追い込まれたのだった。

このときの体験をカフカは「ホテルの法廷」と呼んでおり、そこから長編小説『訴訟（審判）』の構想が生まれた。「何も悪いことはしていない」のに突然逮捕され、わけの分からない訴訟の被告人として翻弄されたあげく、最後は「犬のよう」に処刑される銀行員ヨーゼフ・Kの運命を描いたこの小説は、『変身』と並ぶ不条理文学の金字塔で、実存主義の文脈でのカフカ・ブームを牽引《けんいん》した作品でもあり、不条理な権力に抗《あらが》いつづける主人公の物語として読まれがちだが、本当にKは「何も悪いことはしていない」のかと疑問を呈されることもよくある。特に、周囲の女性たちとの関係に目を向けると、Kの異様なまでの節操のなさが際立って見えるからだ。その無節操ぶりは、カフカ本人の自己理解に合致している。彼は婚約破棄後、「ホテルの法廷」に同席していたエルナとにわかに親しくなり、フェリスの嫉妬を煽《あお》った。その結果、姉妹を両方とも不幸にしたとカフカは自覚していた。

いずれにせよ、この婚約破棄の直後に第一次世界大戦が勃発し、それまでの日常を塗りつぶしていった。カフカは徴兵検査に合格するが、勤め先の労災保険局が「必要欠くべからざる人材」と申告したため、戦場に出ることはなかった。ドイツ／オーストリア国境の行き来は簡単ではなくなり、郵便事情も劇的に悪化した。物資が不足し、妹婿《むこ》と共同経営していたアスベスト工場の経営は行き詰まった。戦争が長引くにつれ、食料品の不足もひしひしと感じられるようになった。ロシア軍に追われたユダヤ人難民が東方からベルリンやプラハに流入してきた。ブロートをはじめ、カフカの周囲のシオニストたちは、言葉も生活習慣も違う東方ユダヤ人たちとの意思疎通に苦しみながらも、使命感に駆られて難民支援のボランティア活動に身を投じた。カフカはそうした活動に対して一線を引いていたが、何かしなければならないと強く感じていた。

そんな戦時下の日々を過ごすうちにも、カフカはブロートとともに『変身』の出版のつてを探していた。二人が白羽の矢を立てたのは、ライプツィヒで発行されていた月刊誌『白紙《ヴァイセ・ブレッター》』だった。これは同時代の表現主義（外界のできごとを写実的に描くよりも、人間の内面にあるドロドロしたものを吐き出すことを重視する文学・絵画・映画などの潮流）を代表する雑誌の一つで、特に一九一五年の初めに編集長になったばかりのルネ・シッケレは前衛的な傾向の作品を求めていた。『変身』の原稿を受け取ったシッケレは、やはり雑誌掲載には長すぎると難色を示したが、カフカは今度は譲らず、短縮なしの掲載を求めた。こうして『白紙』の一〇月号に『変身』の掲載が実現する。

本になった『変身』

それから間を置かずに『変身』は書籍化された。きっかけは、優れた現代作家に贈られるフォンターネ賞を中途半端な形で受賞したことだった。中途半端というのは、賞の選考にあたった評論家フランツ・ブライが、賞そのものは当代の人気作家カール・シュテルンハイムに、賞金はカフカにという妙な決定をしたからだ（カフカの作家デビューの場となった短命の雑誌『ヒュペーリオン』を編集していたブライは、ブロートやカフカと個人的に親交があり、カフカの稀有な文学的才能をいち早く見抜いた人物だった）。表向き、有名作家シュテルンハイムが無名作家カフカの才能を認めて賞金を譲った格好になった。カフカにとってあまり気持ちのいい話ではなかったが、とにかくこの異例の事態のおかげで、カフカは文学界で話題の人となった。そのため、クルト・ヴォルフ出版社の「最後の審判」シリーズに急遽《きゅうきょ》『変身』が加わることになったのだ。

　本作りに際しては、それまでにも「最後の審判」シリーズの挿絵を描いていた画家オットマー・シュタルケが扉絵を担当することになった。これにカフカは危惧《きぐ》の念を抱き、出版社の担当者に次のような手紙を書いている。

> シュタルケは即物的な画風の人ですし、虫そのものを描きたがるのではという気がします。それはダメです。それだけは！　画家の領分を侵害するつもりはありませんが、この物語については私の方が当然よく分かっているはずではな

いですか。虫そのものは描かせないでください。遠目に見た姿でもダメです。

変身した主人公の姿はあくまで読者がそれぞれ頭の中で想像すべきものであって、あらかじめイラスト化されていては台なしだとカフカは考えていたのだ。どうしても絵を載せなければならない場合の次善の策として、彼はこう提案している。

イラストに関して私自身が提案してよろしければ、私なら両親と業務代理人が閉ざされた扉の前にいる場面を選びます。あるいは、両親と妹が明るい部屋にいて、真っ暗な隣の部屋へのドアが開いている場面の方がいいでしょうか。

最終的にシュタルケが選んだのは、パジャマ姿の男がいかにも絶望した様子で両手で顔を覆い、半開きになった扉から離れようとしている構図だった。扉の隙間からのぞく隣の部屋は真っ暗で、中の様子は分からない。つまり、画家はカフカの提案のうち、「真っ暗な隣の部屋へのドアが開いている」という部分だけを採用したのだ。この扉絵を掲載した『変身』初版本は一九一五年の一二月に刊行された（ただし本自体の記載は「一九一六年」となっている)。

ちなみに後年、このイラストは面白い解釈を生んだ。曰《いわ》く、絶望した様子の男は髪の毛が黒く、若く見えるので、グレゴール・ザムザ本人である。だが、虫に変身したはずの彼が人間のままの姿で描かれているのはどういうことか。それは、彼が本当は変身しておらず、自分は虫になったと思い込んでいるだけだからである。そのことを匂《にお》わせるため、カフカは密かに挿絵画家に指示を出し、人間のままの主人公を描かせたのである云々《うんぬん》。——この説を聞いたシュタルケは腹を立て、自分が描いたのは若い男ではないと反論した。それもそのはずで、扉の向こうの暗闇でグレゴールの存在を暗示するのが絵のコンセプトなのだから、扉のこちら側にいる男がグレゴールなはずはないのだ。シュタルケとしては、あくまで父親のザムザ氏が息子の変わりはてた姿を初めて目にして「両手で目を覆って泣いた」場面(27頁)を描いたつもりだったのだろう。

フォンターネ賞の効果もあり、本になった

初版本

『変身』の売れ行きは好調で、一九一六年の夏ごろには初版がほぼ売り切れていたため、第二版が計画された。なお、この時期にカフカとフェリスの仲は再び急接近しており、二人はまた結婚を真剣に考えはじめた。一度目の婚約のときは、フェリスが会社を辞めてプラハに移ってくること前提で話が進んでいたが、今度はカフカが労災保険局の職を辞し、ベルリンに移住して文筆業で身を立てる計画だった。ちなみに、復縁したフェリスにカフカが何よりも強く求めたのは、ベルリンで難民の子どもたちの教育支援を行う団体「ユダヤ民族ホーム」のボランティア活動に参加することだった。カフカは戦時中、かつては忌避していたシオニズムに接近し、プラハのシオニスト学生団体が出していた週刊新聞『自衛』や、ブーバーが創刊した月刊誌『ユダヤ人』を読むようになり、自作の寄稿も行っている。ただ、やはり自分はシオニズムに参加する柄《がら》ではないと思っており、難民支援に取り組むフェリスを通じて間接的にユダヤ民族に関わることが、自分にできる精いっぱいだと感じていたのだ。結婚を目前にしたカフカは再び創作意欲に火がつき、一九一六年から翌年にかけての冬に、医師の叔父ジークフリートに着想を得た短編小説『田舎医者』をはじめ、数多くの中短編が生まれた。

しかし、一九一七年の七月にフェリスと正式に二度目の婚約をしたカフカは、その翌月、肺結核を発病して喀血《かっけつ》した。常々、自分は社会生活に不適格だと思っていた彼だったが、こうして病気になったおかげで大手を振って社会生活から降りることが可能になった今、奇妙な安心感を抱いてもいた。退職を願い出るが却下され、さしあたり病気休暇を取得して療養生活に入ったカフカは、フェリスとの別れを決意する。二人は一二月末にプラハで落ち合い、正式に婚約を解消して別れた。フェリスを駅まで送ったカフカはブロートの職場を訪れ、勤務中の親友の前で座り込み、さめざめと泣いた（フェリスはほどなく銀行家の男性と結婚し、一男一女に恵まれた。ナチスの台頭を受け、一家はスイスを経由してアメリカに移住し、虐殺を逃れた）。

翌年の春、結核が小康状態になったカフカは職場復帰するが、第一次世界大戦の終戦直前の一〇月、世界的大流行《パンデミック》の様相を呈していたスペイン風邪に感染し、一時は生死の境《さかい》をさまよった。この年の秋に『変身』の第二版が出版されている（本自体の記載は「一九一七年」）。

四通りの『変身』

そんなわけで、『変身』には実は四通りのバージョンが存在する。①手書き原稿、②雑誌掲載版、③書籍版の初版、④書籍版の第二版。いったい、このうちどれを本来の『変身』と見なすべきなのだろうか。

手書き原稿は無罫線の大学ノートに黒インクで書かれており、八十三頁に及ぶ。わずか三週間ほどで、かなりの速度で書き進んだことを考えると、あまり大きな訂正がないのには驚かされる。一気に書いたものが、基本的にそのまま作品になったのだ。もっとも、細かい修正は色々入っている。たとえば第一章の冒頭近く、毛皮の貴婦人の絵が入っている額縁（6頁）は、最初は「金の（golden）」だったが、カフカはこれを「金メッキの（vergolden）」に修正した。さらに、「額縁を調達した」と書いてあったのを「額縁に入れさせた」に直し、「額縁に入れた」に再修正した。つまり、手を入れるごとにザムザ家は貧乏になり、額縁を買うお金がないので糸ノコ細工で自作するグレゴールというキャラクターが固まっていったのだ。グレゴールの妹の人物像にも、同様の揺らぎが見られる。業務代理人の来訪に際して、「右隣の部屋から妹が、グレゴールに注進するべく、ささやいた」（17頁）箇所は、当初は「叫んだ（rief）」で、それを消して「言った（sagte）」と書きかけて途中でやめて「ささやいた（flüsterte）」に落ち着いた。妹の声量が落ちるにつれ、兄妹間の距離が縮まり、秘密を共有する仲間のような親密さがアピールされる結果となっている。

その他、原稿には、筆が速いがゆえの無意識の書き間違いが散見される。多いのは名前の間違いで、「グレゴール（Gregor）」の代わりに、同時並行で書いている長編『失踪者』の主人公「カール（Karl）」と綴ってしまっているケースが目立つ。前の短編『判決』の主人公「ゲオルク（Georg）」と間違えている箇所もある。

この原稿を活字にして雑誌に掲載するにあたっては、ドイツの正書法にもとづく句読点の修正以外に、カフカは章番号を入れ、数字を算用数字からドイツ語に直し、疑問符や感嘆符を追加するといったスタイル上の変更を加えている。内容面の変更はほとんどない。ただし、原稿には書かれているのに活字にならなかった文言も少しだけある。たとえば第一章で、グレゴールが同僚たちの優雅な生活を羨む言葉（7頁）は、原稿では「ようやく朝食を召し上がり、あくびしながら世界政治を論じておられる。おい、勘弁してくれよ」だったが、活字版では「ようやく朝食を召し上がっておられる」だけになった。

　雑誌掲載版と初版本を比較すると、この段階でもカフカが単語を削除したり置き換えたりして細部にこだわっていることが分かる。たとえば「そのとき」を意味する語としてnunやdaやjetztなど多彩な言葉が用いられていたのをjetztになるべく揃えたり、接続詞の「しかし（aber）」や「あるいは（oder）」を無表情な「そして（und）」に置き換えたり、「結局のところ（schließlich）」という長い副詞を意識的に減らしたりしている。母親が業務代理人に、グレゴールが夜遊びをしないことを説明する箇所（18頁）は、「在宅をやめた晩は一晩もありませんでした」が「毎晩在宅でした」に変わった。ここにも簡潔さへの志向が見て取れる。

　初版と第二版を比較すると、また言葉が置き換えられている箇所がある。たとえば第二章の冒頭近く、グレゴールの部屋を青白く照らす「街灯（Straßenlampen）」の光（36頁）が、第二版では「路面電車（Straßenbahn）」の光に変わっている。第三章で、内職している母親が明かりの「下に（unter）」身を乗り出す（70頁）代わりに、明かりの「上に（über）」身を乗り出したり、かつて父親と母親とグレゴールが「食事していた（gegessen）」席（80頁）が、「座っていた（gesessen）」席になったりもしている。――だが、こうした訂正がカフカ本人の手になるものかどうかは分からない。第二版では、ドイツ語の格変化の誤りや単純な誤字が大幅に増えている。カフカは自分の作品が読者にどう見られるかを非常に気にして、一言一句にこだわるのが常だったので、本人が校正したなら、これほど多くの単純ミスが見逃されているのはおかしい。第二版が出た時期は、ちょうど彼がスペイン風邪で倒れていた時期に重なる。そうしたことから、第二版にはそもそもカフカの手が入っていないという説が現在では有力となっている。

以上を勘案すると、初版本こそカフカ自身による決定版だと見なすのが、ひとまず最も妥当な見方だと言えるだろう。ブロートが編んだカフカ全集でも、その後に出た批判版（文献学者が原稿を一言一句読む原典批判を行い、網羅的に注釈をつけた版）の全集でも、初版本のテクストが正式なものとして収録されている。ただし、さらにその次に出た史的批判版全集には、手書き原稿の写真版と初版本の復刻版の両方が収録された。

なお、本書の訳は、初版本のテクストに拠った。

『変身』の翻訳について

変わるカフカ像

カフカの人物像・作家像は時代とともに変遷し、それにつれて『変身』の読まれ方も推移してきている。カフカの死の直後から親友ブロートは遺稿を編集・出版する作業に着手し、その努力のたまもので、一九三〇年代には英訳が出はじめ、著作集の刊行も実現し、カフカの名声は世界的なものになっていった。この段階では、仲介者ブロートの文化シオニズムにもとづく宗教的解釈が主流で、そこではカフカは、神を求めながら神とのつながりを断たれた人間の苦しみを描いた宗教作家として受容された。戦後には逆に、神のような超越的なものによって人生に意味づけすることを拒絶する作家としてカフカを位置づける、カミュやサルトルの実存主義的解釈が主流になった。精神分析解釈はもっぱら父親による息子の抑圧というテーマをカフカ文学に見て、社会主義解釈は資本主義社会における人間の搾取と疎外というテーマを見る。ベンヤミン、カネッティ、ドゥルーズ／ガタリ、デリダ、アガンベンといった哲学者・思想家たちは、そもそも権力とは何かについての純化された思想をカフカから汲み取り、対する近年の文化史・社会史的解釈は、ごく具体的な文化・社会のできごととカフカの接点を探っている。

　日本で最初に本格的にカフカを紹介したのは、一九三二年の論文「Franz Kafka——『寂寥《せきりょう》』の階級性」だった。著者の岡村弘《おかむらひろし》は社会主義的な立場から、小市民層《プチ・ブルジョワ》に特有の「不安」と「生活に疲れた溜息」を描いた小説として『変身』を紹介し、革命が成就して市民階級が消滅すればこの手の孤独な人間はいなくなるはずだという発想にもとづき、「カフカの作品が全然読まれなくなり、全然理解されなくなる時代」を待望する言葉で論考を締めくくっている。一九四〇年、『審判』の題で長編『訴訟』の訳が白水社から出た。訳者の本野《もとの》亨一《こういち》は、たえず「不安」と「孤独」に苛《さいな》まれていた不幸な作家としてカフカを紹介した解説の中で、『変貌』の題で『変身』に触れている。「かぶとむし」に変貌した主人公の境遇には、ひたすら孤独だった作者自身の家庭生活がそのまま反映されているという。

　『変身』の最初の日本語訳は一九五二年、実存主義の流行が火をつけた世界的なカフカ・ブームのさなかに、文芸誌『新潮』に掲載された。訳者は高橋義孝《たかはしよしたか》。この訳は新潮社から出たカフカ翻訳全集に収録され、新潮文庫にも入り、長年にわたりスタンダードな訳となった。

それから今日に至るまで非常に多くの訳が出ているが、カフカ受容の大きな転換をもたらしたのは、白水社の「カフカ小説全集」の一環として二〇〇一年に刊行された池内紀《いけうちおさむ》訳だった。この翻訳全集は、原稿を恣意的に編集しているのではないかと長年疑いの目を向けられてきたブロート版ではなく、新しい批判版全集の本文（注釈以外の部分）を底本にしている点も新しかったが、『変身』に関しては作者の生前に刊行された作品であるため、先に述べたように、底本そのものは従来の訳と変わらない。しかし池内紀は、大胆な意訳や省略によって劇的に「軽い」訳文を作り出し、従来は深刻で「重い」文学だと考えられがちだったカフカの印象を変えることを心がけた。さらに、二〇〇四年に新書館から刊行した伝記『カフカの生涯』（後に白水Uブックスに収録）により、特に女性たちとの交際に関して、従来の「暗い」カフカのイメージを「明るい」ものに転換させようとした。

このようにカフカ像の転換に腐心した池内紀が、やや「強い」カフカを描いたのに対し、頭木弘樹《かしらぎひろき》編訳『絶望名人　カフカの人生論』（飛鳥新社から二〇一一年刊、後に新潮文庫に収録）は、あたりまえのことがあたりまえにできない人間カフカの「弱い」側面に着目しながら、彼の日記・手紙の面白さを紹介する。そこからは、かつて流布されていた孤独かつ孤高の作家像とは違い、それを反転させたマッチョな男性像とも違う、「弱い」がゆえに他者に寄りかかり、他者との関係性の中で生きていたカフカの姿が浮かび上がる。

以上のような読まれ方の変遷を念頭に置きながら、以下では、『変身』を日本語に訳すうえで訳語の選択や文意の取り方が難しい点をいくつかピックアップして解説する。

①「虫けら（Ungeziefer）」

グレゴール・ザムザは何に変身したのか。読者の脳裏に浮かぶイメージは、ゴキブリのようなものからムカデやイモムシのようなものまで多種多様で一定しない。昆虫学者でもあった亡命ロシア人作家ナボコフは、ゴキブリ説を否定し、もっと丸みのあるコガネムシのような六本肢《あし》の甲虫の絵を描いてみせた。その丸みを帯びた硬い背中には、いつの日か高く飛ぶための翅《はね》が隠れているという。ナボコフは「凡人どもに囲まれた天才」の悲劇という構図でこの小説を読んでいるので、グレゴールが変身したのが汚らしいゴキブリであっては少々都合が悪いのだ。なるほど、グレゴールは第三章で「クソ虫（Mistkäfer）」と呼ばれるため（77頁）、フンコロガシのような「甲虫（Käfer）」の一種と見なす説は有力だが、多数あるという肢が本当に六本で済むのかどうかは分からないので、ムカデ説やイモムシ説も一概には否定できない。先に見た出版社宛の手紙からしても、作者カフカがイメージを固定したくないと思っていたのは明らかだ。もっとも、その手紙の中で言われている「虫（Insekt）」は昆虫を意味する。なお、カフカの朗読を聴いた友人たちのあいだでは、この小説は「ナンキンムシ（Wanze）」の物語で通っていた。

冒頭で一回だけ出てくる言葉 Ungeziefer は「害虫」または「害獣」を意味し、人間にとって有益ではない動物一般を指す。高橋義孝が最初に「毒《どく》虫」と訳して以降、しばらくこの訳語が広く定着していた。察するに、日本語の「害虫」は「稲の害虫」や「野菜につく害虫」などのように害を及ぼす対象と組み合わせて用いることが多く、単独ではやや据《す》わりが悪いために訳語として採用されにくく、かといって「虫」だけでは原語の否定的な意味合いが落ちてしまうので、「毒虫」は苦心の訳だったのだろう。既存の価値観に闘いを挑む実存主義というものの尖ったイメージに合う言葉だったのも間違いない。ただ、作中でグレゴールに「毒」があると思わせる描写はない。周囲に対して牙を剝くような攻撃性を連想させてしまう点で、「毒虫」が読者をミスリードするのは否めない。そのためか、一九六九年の改訳版では「虫」だけになった。これを受けて、一九七〇年代以降に出た訳では「虫」派が増えていく。

原語はもともと、宗教的に「汚れている」と見なされるために神への「供物《くもつ》に使えない」という意味の中世のドイツ語の形容詞に由来する。つまり、それまで社会的に有用であろうとして必死に生きてきたグレゴールが突然「使えない」存在になり、無用の長物として排除されてゆく過程を描くというのがカフカの構想だったと思われる。この点を最大限に重視した二〇一五年の多和田《たわだ》葉子《ようこ》訳（集英社文庫ヘリテージシリーズ）は、原語をそのままカタカナ書きにして語源的説明を添えた「ウンゲツィーファー（生け贄にできないほど汚《けが》れた動物或いは虫）」という大胆な方式を採用して話題を呼んだ。今回の拙訳では、ただ「けら」の部分で否定的ニュアンスを出そうと試みるにとどめた。

②「出張の多いセールスマン（Reisender）」

「旅をする（reisen）」という動詞の現在分詞の名詞化で、直訳すると「旅をする人」。旅回りで商品の売り込みをする営業職の人々を指す。既訳では「セールスマン」や「営業マン」の訳語があてられてきたが、それだけでは「旅をする」という含意を表現しづらいので、初出箇所（5頁）のみ、やや説明的に訳させてもらった。なお「旅（Reise）」の訳語は「出張」で統一してある。

ちなみに、カフカは文字どおり「出張の多い」生活を送っていた。勤め先の労災保険局では検査部に所属しており、企業が安全管理義務を遵守しているかをチェックするための現場の視察や訴訟関係でしばしば出張を命ぜられたからだ。「出張ならではの厄介ごと」（6頁）に関するグレゴールの嘆きには、かなりの程度、作者の実感がこもっていたものと考えられる。

③「絵（Bild）」と「写真（Photographie）」

グレゴールが絵入り雑誌から切り抜き、自作の額縁に入れて壁に飾っている毛皮の貴婦人（6頁）には、手書き原稿で当初は「ぬくぬくとした（wohlverwahrt）」という形容詞が付されていたが、カフカは wohl- の部分をほぼ同じ意味の gut- に書き換え、結局はこの形容そのものを削除した。いずれにせよ、マゾッホの小説『毛皮を着たヴィーナス』との関連を常々指摘される、性的なものを感じさせるモチーフだ。第二章で母と妹が家具を運び出すのに抵抗する場面で、「火照った腹」をガラスに押しつける箇所（61頁）は、自慰行為を連想するとも言われる。

原語 Bild は「絵」と「写真」、どちらにでも取れる。カフカが読んでいたとおぼしきファッション雑誌に、よく似たポーズの女性モデルの写真が掲載されていることが指摘されており、「写真」と受け取る方が妥当なのかもしれないが、後出のグレゴール本人の肖像（27頁）に関しては一義的に「写真」を意味する語 Photographie が用いられているので、それとの対比を際立たせるため、前者はあえて「絵」とした。

写真の中のグレゴールは軍服姿の「少尉（Leutnant）」だが、当初は「予備役少尉（Reserveleutnant）」と書かれていた。「予備役」の部分が消されることによって、過去の栄光と現在の悲惨さの対比がより強調される結果になっている。

④神と悪魔

最初から四段落目の冒頭、「勘弁してくれ」と訳した箇所（6頁）は、文字どおりには「ああ神さま」と書かれている。同じセリフの最後の「消えてなくなれ！」が文字どおりには「悪魔にさらわれろ！」なので、「神（Gott）」と「悪魔（Teufel）」がきれいに枠構造を作っている。このように間投詞として用いられた宗教的な語彙をどう訳すかは、翻訳者泣かせの問題だ。できれば元の宗教的な意味を訳に反映させたいところだが、そうすると、これが罵り言葉だという点が日本の読者に伝わりづらくなってしまうので、今回は基本的に断念せざるをえなかった。

他に、「びっくり仰天！」と訳した箇所（8頁）は、文字どおりには「天なる父！（Himmlischer Vater !）」。多和田葉子訳では、「天にまします我らが父よ」という祈りの文句をあてることで、「父」がキリスト教の神を意味することを読者に伝えようとしている。ちなみに池内紀訳では「ウッヒャー！」である。

⑤体験話法

「びっくり仰天！」以降には、遅刻を知って慌てるグレゴールの心の声が綴られている。それ以前の各段落でもグレゴールが思ったことが書かれていたが、そちらには引用符があり、引用符の中は一人称の現在形で書かれていた。それに対して、こちらには引用符はなく、三人称の過去形で書かれている。そのため、一見すると地《じ》の文（登場人物のセリフではない、物語の語り手のナレーションに相当する部分）に見えるが、内容的に考えると、グレゴールの心の声だとしか思えない。――このような書き方を「体験話法」と呼ぶ（「自由間接話法」という呼び方もある）。体験話法は十九世紀のリアリズム小説でよく用いられ、その後、「意識の流れ」の手法がモダニズムの時代に流行し、引用符なしの一人称の現在形で登場人物の心の声を表現するのが一般化してゆくにつれ、廃《すた》れていった。カフカは、敬愛する作家フローベールが得意とした書き方だからか、特に長編小説では体験話法を多用している。

　この話法を用いると、地の文と登場人物の心の声の境界線が分かりづらくなる。ある三人称の過去形の文章に関して、これは体験話法だと特定するための代表的な指標になるのは、やや唐突に出てくる疑問符や感嘆符の存在だが、そのような分かりやすい指標がなくても体験話法だと考えられるケースは多々ある。特にカフカの場合、俯《ふ》瞰《かん》的に物語全体を見下ろす語り手が存在せず、自分のすぐ目の前にあるもののしか見えていない主人公の視点と語り手の視点がぴったり重なり合いがちなので、境界線はなおさら分かりにくい。そもそも地の文など存在せず、すべてが体験話法であって、すべてがグレゴールの心の声だと主張することすら可能かもしれない。

もっとも、地の文と体験話法は少なくとも大まかには区別できるはずだと考えるのが穏当ではある。カフカもそのつもりで書いていただろう。この段落中、「目覚ましのベルが鳴らなかったのか?」「これからどうしよう?」「病気だと言ってみたらどうかな?」(8~9頁)の三つの疑問符は手書き原稿にはなく、活字にする際に付け加えられたものだ。つまりカフカは、ここが体験話法だと特に判断してほしい箇所については、そう判断するための指標を意識的に読者に提供しているのだ。実際には三人称の過去形で書かれているにもかかわらず、一人称の現在形で書かれているかのように読まれるべきという体験話法の特性を日本語に移し替えるのは難しいが、さしあたり拙訳に関しては、引用符でくくられていない箇所であまり主語を明示せずに現在形めいた訳し方をしている箇所は体験話法(と訳者が受け取った部分)だと思っていただきたい。

⑥「業務代理人（Prokurist）」

日本では耳慣れない言葉だろう。これはドイツ語圏独特の制度で、対外的な交渉において自企業を代表して契約を締結する権限（業務代理権）を全面的に与えられている者のことを指す。「支配人」の訳語をあてられることが多いが、日本で「支配人」といえば、ある営業所において営業全般を取り仕切る人（つまり支店長）のイメージが強い。これは作中の文脈にはそぐわない。そこで今回の訳では、あえて直訳で「業務代理人」とした。

　この小説を書いていたときのカフカの交際相手フェリスは、勤め先の新興企業の業務代理人だった。そのことは当然、執筆中のカフカの頭のどこかに引っかかっていただろう。また、長編『訴訟』の主人公ヨーゼフ・Kは銀行の業務代理人だ。カフカは労災保険局から一九一一年二月一〇日付で、対外的な交渉における局の代理人として全権委任を受けていた。つまり彼にとって、業務代理人とは自己投影しやすい対象であったと考えられる。彼は自らが所属する検査部で部長に次ぐ実質ナンバー2の地位にいたので、その気になれば部下をアゴで使える上司の気持ちをよく知っていたのだった。

⑦「メイド（Dienstmädchen）」「料理女（Köchin）」「派遣家政婦（Bedienerin）」

当時の市民家庭では、ほぼ必ず家事使用人が雇用されていた。洗濯機や掃除機や冷蔵庫などの家電がまだ普及していない時代のことなので、家事にはそれなりの人手が必要だったということもあるが、家事使用人を雇うこと自体、市民という社会階層にとって守るべきマナーでもあった。ザムザ家でも、あたりまえのように家事使用人が働いている。第一章に登場する「メイド」は「アンナ」という名前で、どうやらグレゴールの妹グレーテと同年輩の少女らしい（23頁）。

ただ、少し奇妙な点がある。第二章で、「メイド」が「最初の日に早速」やめた（44～45頁）と書いてあるのに、ザムザ家ではその後も引き続き「十六歳くらいの少女」である「メイド」が働いており、「前の料理女がやめて以来、気丈に踏みとどまって」いる（55頁）というのだ。これは矛盾ではないかと言われてきた。カフカの書き間違いでないならば、二つの可能性がある。一つは、ザムザ家ではもともと二人の「メイド」が働いていたというもの。グレゴールの変身後に早速やめたのはその片方で、「料理女」と同一人物であり、「アンナ＝十六歳くらいの少女」の方はやめずに継続雇用されていたと考えれば、辻褄《つじつま》は合う。もう一つは、「アンナ＝料理女」がやめたあとに新たに雇用されたのが別の「十六歳くらいの少女」だというもの。そもそもザムザ家のようにあまり裕福ではない家庭で二人も家事使用人を雇用しているのは不自然なので、後者の読み方には一定の説得力があるが、新しく雇った設定なら普通は新しく雇ったと書くはずで、「踏みとどまって」いるという表現はそぐわない。総合的に考えれば、やはり前者の読み方が妥当だろう。

参考までに言うと、カフカ家では常時二人（以上）の女性を雇用していた。両親が店で働いているので、子どもたちが小さいうちは子守りを雇うのが必須だったが、子どもたちが成長して子守りを必要としなくなってからも、三人の娘たちの世話係という名目で、もっぱら家事を担当する料理女とは別にもう一人雇うのが常だった。彼女らは「先生（Fräulein）」と呼ばれ、通常の家事使用人よりも敬意を払われていたが、場合によっては家事を手伝うこともあった。住み込みの家庭教師と家事使用人の中間的な存在だと考えると分かりやすい。このように、必ずしも切実に必要とされていたわけではない二人目を雇うのは、いわゆる顕示的消費に該当する。商売で成功したカフカ家の社会的ステータスの上昇を示す指標だと言えるだろう。ザムザ家はカフカ家より明らかに貧しいが、その点にカフカはあまり気が回らなかったか、あるいは気づいていたとしても自分が肌で知っている家庭内環境を作中で再現することを優先したのだ。

いずれにせよ、ザムザ家の台所事情が苦しくなるにつれ、二人はおろか一人の家事使用人も住み込みでは雇えなくなり、代わってBedienerinが登場する。これは標準ドイツ語では「召使い（Bediener）」の女性形でしかないが、オーストリア方言では、住み込みではない通いの家政婦を指す。他のすべての人々がグレゴールの姿を忌み嫌うのに対し、彼女はまったく怖がらず、普通に接してくれる。ある意味で爽《さわ》やかな印象を残す人物だと言える。

⑧ザムザ家の間取り

グレゴールの部屋には扉が三つある。このやや独特な部屋の造りが物語の進行に密接に関わってくるので、少し詳しく見ておきたい。

ザムザ家の間取りは、作品の執筆当時カフカ家が入居していたモルダウ河畔の高

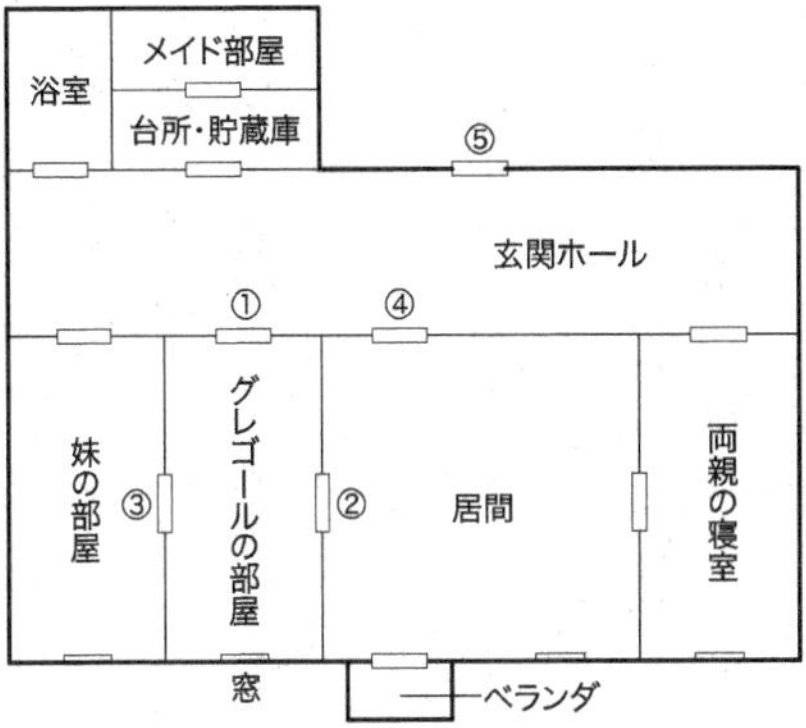

ザムザ家の間取り例（三原弟平『カフカ「変身」注釈』（平凡社）中のカフカ家の間取り図を参考に作成）

級賃貸住宅の間取りをかなり濃厚に反映している。このアパートは四つの部屋が一直線に並んでいた。部屋と部屋が扉でつながっているのも特徴で、カフカの部屋は居間と両親の寝室に挟まれており、両親が居間と寝室を行き来するときには、わざわざ玄関ホールに出ることなく息子の部屋を通り抜けていったので、カフカは自分の部屋のことを自嘲《じちょう》的に「通り抜け部屋」と呼んでいる。居間を挟んで反対側に、三人の妹たちの部屋があった。ザムザ家では、両親の寝室と妹の部屋の位置がカフカ家の場合と入れ替わっているが、グレゴールの部屋はカフカの部屋の特徴に一致する。これを念頭に、あくまで一例だが、仮にザムザ家の見取り図を描いてみよう。

　グレゴールが変身した日の朝、なかなか起きてこない息子を心配した母親は、①「ベッドの頭側にある扉」から声をかける（9頁）。おそらくは、台所でしていた家事の手を止めて玄関ホールに出てきたのだろう。次に、居間で朝食を食べていた父親が②「側面の扉の片方」から声をかけ、続けて③「もう片方」から妹が声をかける。玄関ホール側に頭を置いて仰向けに寝ているグレゴールからすると、父親のいる居間が「左隣の部屋」、妹の部屋が「右隣の部屋」ということになる（ただしカフカ自身、当初は何が右で何が左かはあまり明確に意識していなかったようで、手書き原稿では父親のいる部屋をつい「右隣」と書いて、活字にする際に「左隣」に直したりしている）。グレゴールが苦労して口で解錠した扉は、②「居間への扉」だ。この扉のところから、開け放したままの④「玄関ホールへの扉」を通して玄関が見え、さらに⑤「玄関の扉」も開いていたので外が見える（27～28頁）。つまり、②と④と⑤の三つの扉は斜め一直線に並んでいる。

　第三章では、妹の部屋だったところに三人の「間借り人（Zimmerherr）」たちが入り（79頁）、妹は居間で寝起きするようになる（96頁）。当時の市民家庭では、たとえ賃貸暮らしの家族であっても、空いた部屋を又貸しして収入の足しにすることは珍しくなかった。ただ、一部屋に成人男性が三人入居するという設定は、あまり現実味があるとは思えない。カフカにしてみれば、自宅ではかつて妹が三人で一部屋を使っていたので、三人で一部屋という設定を思いついたのかもしれないが、この常に三人一組で行動する紳士たちは、そもそも本物の人間らしくない。変身したグレゴールとはまた別の方向で人間未満の存在に見える。

ちなみに、間借り人の筆頭が口にする「ここに住んでいた日数分のお支払い」（87頁）は、当初は「ここに住んでいた17日分のお支払い」と書かれており、それが「26日分」に修正され、活字にする段階で具体的な数字が省かれた。

⑨人間と動物の境界線

第三章の後半、妹が奏《かな》でる下手なヴァイオリンを間借り人たちが真剣に聴こうとしないのに憤慨したグレゴールは、妹を拉致《らち》して二人きりで過ごそうと思い立ち、かつて妹を音楽学校に通わせてやりたい一心で必死に働いていた兄への愛ゆえに妹が喜んでいっしょにいてくれるのではないかと、虫のいい妄想にふける。しかし妹の側は、店員として働くかたわら兄の介護をする日々に疲れきっており、兄を厄介払いすることを考えはじめていた。両者の思惑のギャップが残酷な形で露呈したとき、ただでさえ衰弱していたグレゴールは生きる気力を根こそぎ奪われ、死に至る。

この展開の山場となる場面に、これまで訳者たちを悩ませてきた体験話法の一文が出てくる。「こんなにも音楽に感動しているのに、それでも動物なのか？（War er ein Tier, da ihn Musik so ergriff?）」（84頁）。ここで用いられている接続詞 da は、現代ドイツ語では理由（「〜だから」）の意味になることが多いが、やや古めの用法では同時性（「〜したとき」「〜しながら」）を表し、認容文を作ることもある。拙訳は後者の意味に取っているわけだが、前者の意味に取るなら、「こんなにも音楽に感動しているから」と訳せる。ナボコフはそちらの訳を推《お》し、「音楽に感動しているのに」は誤訳だと断定している。ナボコフの影響力ゆえか、数ある英訳においては「音楽に感動しているから」派が圧倒的に多かった。しかし近年は、「音楽に感動しているのに」と受け取る訳が多数派になりつつある。

ところが日本では、かつては da 以下を認容文と受け取る訳ばかりだったが、二〇〇〇年以降に出て広く普及した訳本が軒並み da を理由の意味と見なす解釈を採用しているのが目を引く。岩波文庫に収録された一九五八年の山下肇《はじめ》訳が「これほど音楽に感動しているのに」だったのに対し、二〇〇四年の山下萬里《ばんり》による改訳版では「こんなにも音楽に感動させられているからには」となっているのが象徴的だ。その背景には、かつて一般的だった訳し方が大前提としている人間中心主義（音楽のような高尚なものを感じ取れるのは人間だけだとする発想）への反省が広まったことがある。だが、拙訳ではあえて人間中心主義的な訳し方を採用した。カフカが接続詞 da を同時性の意味で用いるのは珍しいことではなく、特にこの場面では、身体は「動物」に変わったにもかかわらず意識の面ではまだ人間中心の価値観に縛られているグレゴールの滑稽さと哀れさを表現することに主眼があると思うからだ。

⑩家族の物語の「ハッピーエンド」

グレゴールが死んだあとの場面で、カフカは何箇所か、一度書いた「父親」を「ザムザ氏」に、「母親」を「ザムザ夫人」に修正している。ここでは、それまでずっとグレゴールの視点で語られてきた物語が彼の視点を離れるわけだから、あくまで彼の目から見て「父親」「母親」だった人がそう呼ばれなくなるのは理に適《かな》っている。グレゴールがいなくなったことで、家族はみんな心底せいせいして休日を満喫し、曇《くも》りのない喜びに包まれて物語は終わる。

徹底してグレゴール・ザムザの物語だった『変身』が、最後の最後にそうではなくなってしまうのに違和感を抱く読者は多いだろう。カフカ本人もこの結末にはあまり満足していなかったのは先に見たとおりだ。ただ、彼は晩年の一九二二年、『変身』のテーマを短く圧縮したかのような寓話風の物語『断食芸人』を書いている。その結末では、「口に合う食べ物が見つからなかったから」という理由で檻《おり》の中で断食するのを見世物にしていた断食芸人がついに衰弱死したあと、彼がいなくなった檻に、生命力にあふれて躍動する身体を持つ「若いヒョウ」が代わりに入れられて観客を魅了する。――この展開は、『変身』の末尾でグレーテが「若々しい身体をぐっと伸ば」す姿を髣髴《ほうふつ》とさせる。もしカフカが『変身』を書き直したとしても、結局は同じ結末にたどり着いたのではないかと思わずにはいられない。

この結末から逆算して『変身』全体を読み直すという読み方も可能だろう。きわめて主観的な主人公の視点で覆い隠されていた家族の側の視点に思いを馳せながら読んでいくと、この小説が実はグレゴール・ザムザの物語であると同時に、変身した彼の介護に悩む家族の物語でもあった事実が浮かび上がる。

『変身』後のカフカ

最後に、『変身』が手を離れたあとのカフカについて、ごく簡単に見ておきたい。

一九一八年の秋、スペイン風邪からかろうじて生還したカフカは、一一月に職場復帰するが、浦島太郎のような状態だった。彼が病床にあるうちにオーストリア＝ハンガリー帝国は滅び、チェコスロヴァキア共和国が独立を果たしていた。勤め先は「チェコ労働者災害保険局」に名を変え、使用言語はチェコ語のみとなり、ドイツ系の経営陣が一掃されていた。多くの同僚が解雇されるなか、カフカは首の皮一枚でつながった。新生共和国では民族的マイノリティであるユダヤ人の権利が尊重されたのに加え、本人が普段から誰からも好かれる「いい人」で通っていたことが有利に働いたのだろう。以後、チェコ語を書くのが苦手なために自力では文書の作成もままならず、そもそも健康上の理由でたまにしか職場に出なかったにもかかわらず順調に昇進を重ね、一九二二年に退職した時点で上級書記官の肩書を手にしていた。退職後の恩給支給額を引き上げるための温情措置だった。

そのあいだにも、カフカはさまざまな恋愛を経験した。一九一九年、保養地で出会ったユダヤ人女性ユーリエ・ヴォホリゼクと婚約。しかし家族の猛反対を受けた(これを機に『父への手紙』が書かれた)。一九二〇年、カフカ作品をチェコ語に訳したチェコ人の女性ジャーナリスト、ミレナ・イェセンスカーと恋をして、ユーリエとの関係を解消。既婚者だったミレナは夫と別れてカフカと再婚することを考えるが、実現せずに終わった。ウィーン在住のミレナとのあいだには短期間で大量の手紙が交わされた。また、この恋愛の体験が刺激となり、一九二二年に長編小説『城』が生まれた。最晩年のカフカはヘブライ語を学習し、パレスチナ移住を考えていた。一九二三年、ユダヤ民族ホームの臨海学校を見学した際に出会った東方ユダヤ人女性ドーラ・デュマントと内縁関係を結び、ベルリンに移住して所帯を構えた。しかし一冬を越すあいだに劇的に病状が悪化し、一九二四年の春にプラハに連れ戻される。最後はウィーン郊外のサナトリウムで世を去った。遺体はプラハ郊外の新ユダヤ人墓地に埋葬された。

本書は訳し下ろしです。

変《へん》身《しん》

フランツ・カフカ　川《かわ》島《しま》 隆《たかし》＝訳

令和４年　２月25日　初版発行
令和６年　８月10日　14版発行

発行者●山下直久

発行●株式会社KADOKAWA
〒102-8177　東京都千代田区富士見2-13-3
電話　0570-002-301（ナビダイヤル）

角川文庫 23060

印刷所●株式会社KADOKAWA
製本所●株式会社KADOKAWA

表紙画●和田三造

●お問い合わせ
https://www.kadokawa.co.jp/（「お問い合わせ」へお進みください）
※内容によっては、お答えできない場合があります。
※サポートは日本国内のみとさせていただきます。
※Japanese text only

ISBN 978-4-04-109236-1　C0197

◆◇◇